儒园吟草

（而已篇）

骆愉

［著］

团结出版社
UNITY PRESS

图书在版编目（CIP）数据

儒园吟草. 而已篇 / 骆愉著. -- 北京：团结出版
社，2023.6
　　ISBN 978-7-5234-0149-1

　　Ⅰ. ①儒… Ⅱ. ①骆… Ⅲ. ①诗集-中国-当代
Ⅳ. ①I227

中国国家版本馆 CIP 数据核字（2023）第 082044 号

出　　版：团结出版社
　　　　　（北京市东城区东皇城根南街 84 号　邮编：100006）
电　　话：（010）65228880　65244790
网　　址：www.tjpress.com
E － mail：65244790@163.com
经　　销：全国新华书店
印　　刷：成都兴怡包装装潢有限公司

开　　本：145mm×210mm　1/32
印　　张：8.25
字　　数：177 千字
版　　次：2023 年 6 月第 1 版
印　　次：2023 年 6 月第 1 次印刷

书　　号：ISBN 978-7-5234-0149-1
定　　价：58.00 元

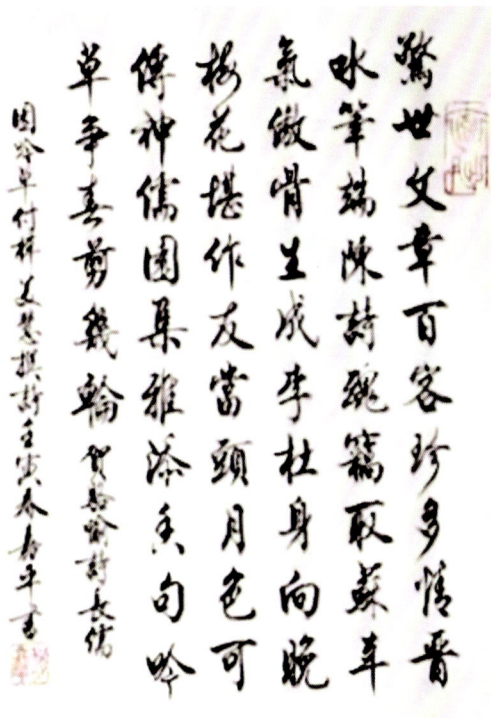

贺骆愉诗长《儒园吟草》付梓

陈美珠

惊世文章百客珍，多情晋水笔端陈。
诗魂窃取苏辛气，傲骨生成李杜身。
儒园集雅添香句，吟草争春剪几轮。

作者：陈美珠，网名美慧，香港诗词文艺协会会长，香港东方之珠文化学会创会会长。

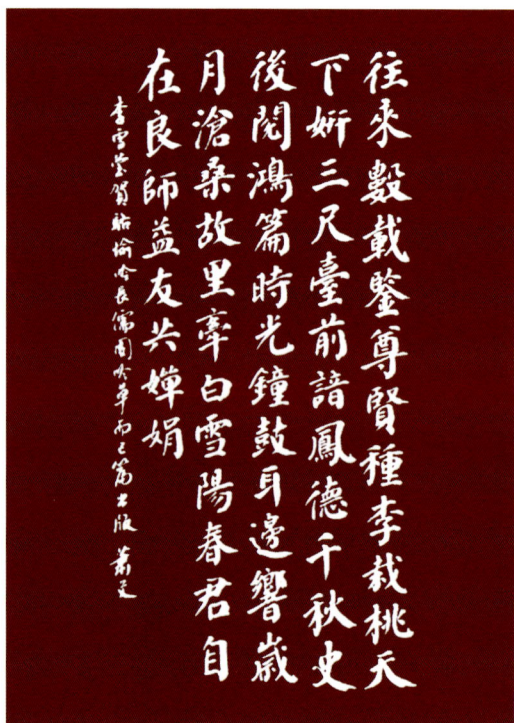

贺骆愉吟长《儒园吟草》出版

李雪莹

往来数载鉴尊贤，种李栽桃天下妍。

三尺台前谙凤德，千秋史后阅鸿篇。

时光钟鼓耳边响，岁月沧桑故里牵。

白雪阳春君自在，良师益友共婵娟。

作者：李雪莹，野草诗社副理事长兼野草东院执行院长，北国诗社社长，北国诗词主编。

贺骆愉诗长《儒园吟草》付梓

陈旭东

儒彦由来笔墨痴，园中春色咏清奇。

吟心不倦蜇声远，草木生香别样诗。

作者：陈旭东，香港东方之珠文化学会副会长，香港弥纶诗韵文化学会副会长，香港诗词文艺协会副秘书长。

難得爽懷詩酒娛，青山綠水任君趨。
爾來雅集歸心趣，樂在其中羨宿儒。

喜賀儒園吟草付梓 施維隆

喜贺《儒园吟草》付梓

施维隆

难得爽怀诗酒娱，青山绿水任君趋。
尔来雅集归心趣，乐在其中羡宿儒。

作者：施维隆，福建省楹联学会副会长，福建省书法家协会
会员，福建省海峡百姓书画院副院长，泉州市楹联学会会长。

阅尽千帆事 平生一片心
家风如细雨 德润最清音
陌上花迎客 门前月照林
匆匆将廿矣 春向静中寻
贺骆愉先生《儒园吟草》付梓
朱荣梅诗 壬寅年 许三成书

贺骆愉先生《儒园吟草》付梓

朱荣梅

阅尽千帆事，平生一片心。

家风如细雨，德润最清音。

陌上花迎客，门前月照林。

匆匆将廿矣，春向静中寻。

作者：朱荣梅，济南市作协主席团委员，莱芜区作协副主席，莱芜区诗词楹联学会副主席。

期待《儒园吟草》诗集付梓

蔡庆芽

儒园点缀百花诗，而已篇章惹好奇。

若问书中多少梦，春风桃李早扬眉。

作者：蔡庆芽，笔名繁芽，民盟中央美院晋江分院理事，福建省美术家协会会员，福建省楹联书法艺术委员会委员，泉州市老园丁诗社副社长兼执行编辑。

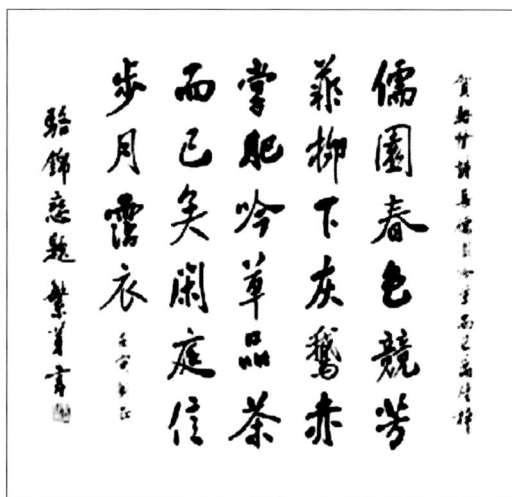

贺骆愉诗长《儒园吟草》付梓

骆锦恋

儒园春色竞芳菲，柳下灰鹅赤掌肥。

吟草品茶而已矣，闲庭信步月沾衣。

作者：骆锦恋，中国作家协会会员，中华诗词学会会员，泉州诗词学会副会长。

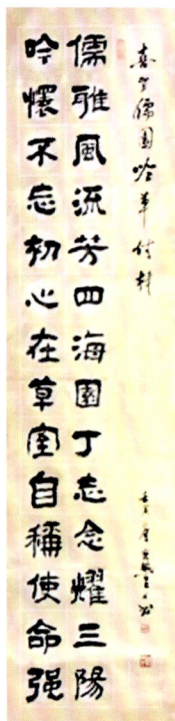

喜贺《儒园吟草》付梓

黄欣笙

儒雅风流芳四海，园丁志念耀三阳。

吟怀不忘初心在，草室自称使命强。

作者：黄欣笙，中国书法家协会会员，中国楹联学会书法艺术委员及对联文化研究院研究员，福建省楹联学会常务理事，泉州市楹联学会副会长兼秘书长。

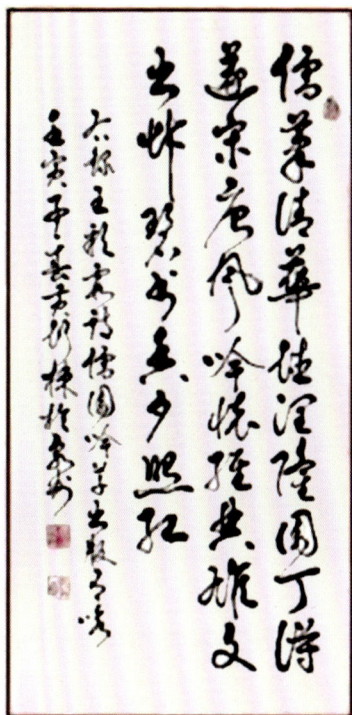

祝贺《儒园吟草》付梓

王彩霞

儒笔清华德润隆，园丁得遂宋唐风。
吟怀经典雄文出，草碧书香夕照红。

作者：王彩霞，澳洲墨尔本华人，诗友。

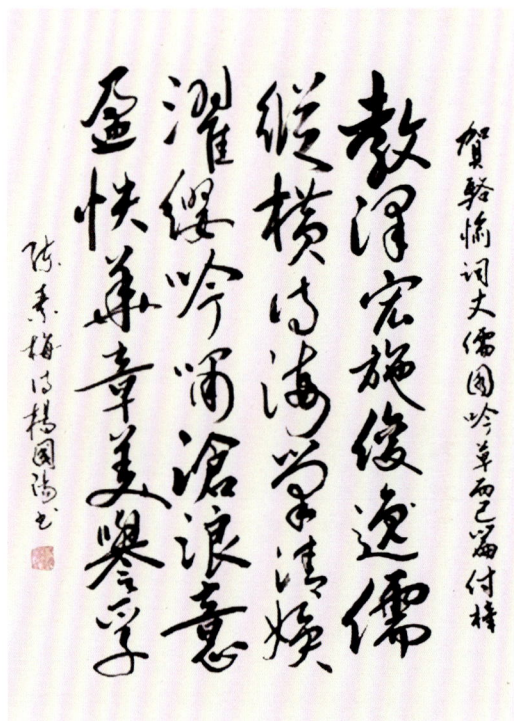

贺骆愉词丈《儒园吟草》付梓

陈素梅

教泽宏施俊逸儒，纵横诗海笔清娱。
濯缨吟啸沧浪意，盈帙华章美誉孚。

作者：陈素梅，泉州老园丁诗社社长。

祝贺《儒园吟草》付梓

姚庆才

儒贾双雄尊骆老，园名德润墅名庐。
吟怀处处留佳韵，草石亦成诗入书。

作者：姚庆才，香港诗词文艺协会常务理事，香港诗词学会理事，全球汉诗总会香港分会会员，香港福建书画研究会会员。

骆愉先生：

书香之家

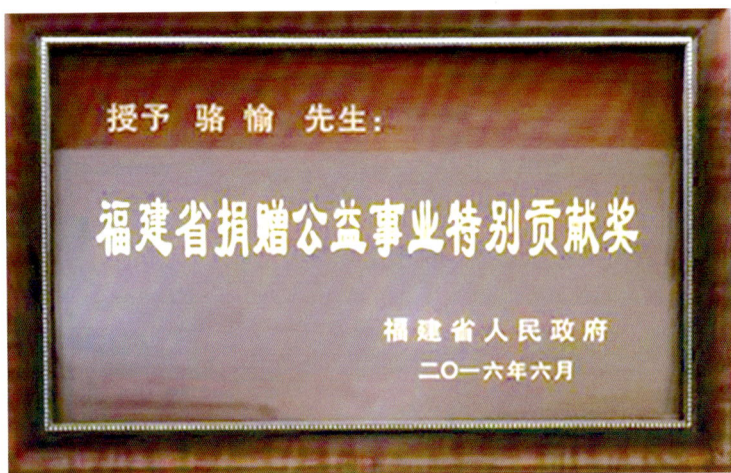

授予 骆愉 先生：

福建省捐赠公益事业特别贡献奖

福建省人民政府

二○一六年六月

《儒园吟草》（而已篇）序

戴冠青

认识骆愉先生是在 2019 年 4 月泉州市委宣传部举办的"全国书香之家"的颁奖仪式上。当年获此殊荣的只有四家，我是其中之一，而骆愉先生则是其中最年长者。他和蔼可亲，彬彬有礼，给我留下了十分谦和的印象。

之后他写了一首七律赠我，祝贺我获得"全国书香之家"的荣誉称号。感激之余才了解到，原来骆愉先生还是一位著述颇丰的诗人和作家，退休后笔耕不辍，诗泉奔涌，已著有诗词集和散文集六部，计八十余万字。目前是中华诗词学会会员，中国楹联学会会员，福建作家协会会员；他还经常参加全国及地方的各种诗事活动，老当益壮，十分活跃。

更让我惊讶的是，骆愉先生竟然是一位跨界诗人！他擅长古体诗词创作，中国古诗词是中华文化的精髓，是五千年中华文化史积淀的结晶，创作古体诗词对诗人的古典文学修养具有较高要求，因此我一直以为骆愉先生一定是一位语文老师。然而没想到他退休前居然是一位中学英语高级教师，自福建师大英语系毕业后，他一直在惠安张坂中学任教达 35 年之久，深受学生敬重，直至 2002 年退休后才开始诗词创作。

从教授西方语言转向中国传统诗词创作，可想而知，这其中要跨越的门槛有多高！我不知道骆愉先生投入了多少心血和修炼，我只知道，他的跨界还是相当成功，不仅加入了中华诗词学会和中国楹联学会，而且出版了六部作品集，并在中华诗词论坛、中国诗联论坛等平台上发表了数千篇作品，如今又有一部新作《儒园吟草》（而已篇），这让我对骆愉先生深厚的文化修养倍感敬佩！

《儒园吟草》（而已篇）全书分为十卷，共收入诗词作品500多首，其中有吟咏桑麻岁月的，有感慨年节志趣的，有礼赞慈善事业的，也有抒写生命情怀的，林林总总，内容相当丰富，情感十分充沛。如他自己在《儒园吟草》（晚晴篇）自序中的心迹坦陈："过去的春风、夏日、秋月和冬霞都在我笔下划过，我总情不自禁以诗诉说一番。端怀刻意弄心萧，泼墨兰亭汇一潮。既欲余年扬笔管，更应琢玉字词敲。学苑留痕，物语留声，都纪录在我的诗中。或梦醉晚晴，构思独具；或情怀故垒，韵脉回肠；或盛世讴歌，雅事美赞；或倒叠卷帘，把笔调弦；或辘轳接龙，玩转意兴……字句铺排，挥洒自津。在起承转合之间，尽抒胸臆。"由此不仅可以看出先生对生活家国的热爱和热情，也可以看出先生对诗词创作的用心和匠心。

我个人非常喜欢该诗集卷一和卷二中的许多作品。卷一《燕垒桑麻岁月稠》虽是吟咏桑麻岁月，实则多是抒写自己的美丽家园，诗体以七律为主，如卷一《题儒津苑三园》中的两首：

荔　园

楼西点翠绕阡中，万簌梢头入画瞳。

尚爱花开妃子笑，尤怜果结雪心融。

林园格地听娇韵，隔苑生津染绿丛。

珠露盈盈生百媚，繁英种上荔枝红。

锦 园

东门半野荡花舟，绮丽风光绿意稠。

种竹种松琴瑟响，忱亭忱榭笛箫悠。

待茶这里诗飘座，煮酒其间画入眸。

翠筱万竿高亮节，常青四季锦园幽。

可以看出，这两首七律造语清新，用词明丽，格调灵动，韵致优美；而且每一首都给我们营构了一个明媚动人的意境，其中不仅有花开果结，阡翠荔红；还有琴声笛韵，煮酒待茶，真的是有声有色，有动有静，诗中有画，画中有诗，让人深受感染，心向往之。

意境是诗人的主观情感与客观物象达到了水乳交融后所构成的一种隽永的艺术境界。王国维先生认为："词以境界为最上，有境界则自成高格。"诗也亦然。陈祥耀教授曾经一连发表了三篇文章《说"意境"》《再说"意境"》《三说"意境"》来加以强调，可见意境对作诗的重要性。在上述诗作中，我不仅读出了诗人打造家园热爱家园的喜悦之情，也看到了诗人注重营构诗歌意境的独具用心，这使其诗作画面鲜明，诗意斐然。

卷二《老骥扬蹄落却疏》中的诗作则主要是表白自己的晚年心迹。该卷诗体也主要是七律，诗中或追忆教师生涯，或抒写晚年志趣，或感喟友朋情谊，或吟咏诗意生活，几乎囊括了他不乏精彩的生命历程。如《自寿四首》之一："学影流光剑击危，钟声熟悉暑寒知。黉门造就年尤甚，外语登科志所期。教席舌耕经以练，书田笔种举能为。逢迎非似陶朱客，燕石铅刀敝帚之。"之三："关山景致草花蘧，拾翠寻诗半实虚。舞剑未嫌筋骨老，弹琴却感岁时余。甘霖溢美飞虽秀，老骥扬蹄落却疏。何不观光邀鹤友，品红赏绿笑春渠。"等等。这些诗作不仅充满真情实感，而且洋溢着积极向上的乐观精神，一点儿也看不出年长者伤春悲秋的忧愁和苍凉，给人带来满满的正能量，让人不由得感叹，人生如此，夫复何求啊！

当然，在诗集中也可以看出，骆愉先生不只是抒写自己的生活日常和个人情感，其诗中有盛世讴歌，也有家国情怀，正像其双子骆钢、骆铁在他的第一本诗集《〈儒园吟草〉诗意人生的父亲》序言中所说："《儒园吟草》既有写个人生活的侧面，又涉及社会诸多方面，爱国爱乡爱家之心，关怀社会，友好往来之情，溢于言表。"如卷五中的《一纸故乡》（4首）、卷六中的《中国光辉七十年》（7首），还有赞叹德润慈善活动、祝贺北京冬奥会开幕等即时诗。这些诗作以七绝为多，如《一纸故乡》之一："痴心写满故乡情，不忘家山不忘名。转换空间新构想，时光不改岁时更。"《中国光辉七十年》之一："中国光辉七十年，神州遍地焕新颜。炎黄自有新生代，华夏谱腾经济篇。"从中可以看出诗人与时俱进、关注社会发展、关心国家命运、为时代抒怀的生命追求。但可能是因为七绝比较简短，又要扣紧时事，因此感觉有些急就章和应酬式的痕迹，诗意不那么充盈，相较之下，我还是更喜欢卷一卷二中抒写个人情愫的七律。

但不管怎么说，骆愉先生《儒园吟草》（而已篇）中的诗篇还是给我带来了许多诗意的熏陶和诗美的享受。值得一提的是，诗集中每一卷开头的小引也写得诗意盎然，如一首首精短的散文诗，很是耐人寻味，由此也看出骆愉先生不俗的文字功底和雅致的诗意情怀。相信有这样的情怀和功力，骆愉先生一定会以更多更好的诗作，给红尘俗世带来更加充沛的诗意，也让我们的心灵变得更加纯净和美好。

是为序。

2022 年 3 月 22 日于寸月斋

作者简介：

戴冠青，泉州师范学院教授，原中文系系主任，福建省高校教学名师。中国作家协会会员，中国中外文艺理论学会理事，中华美学学会理事，福建省写作学会副会长，福建省文联委员，泉州市作家协会名誉主席等。中国作家协会第九次全国代表大会代表。

文辞妙处感灯花

——像愉先一样快乐生活

郭培明

认识骆老师已经 40 余年了。我青少年时代的几个好友在学时是他的得意门生，所以很早就知道张坂中学有位名师叫骆愉。我们叫他"骆先"或者"汉瑜先"，"汉"应是家族辈分，在闽南话中，"先"是"老师、先生"的意思。如果没有记错，那时他常署的名字是"周瑜"的"瑜"，瑜是宝石，也形容玉的光泽，他的为人为师，颇具温润如玉的风范。和颜悦色加上一副黑框眼镜，与他的儒雅气质倒很匹配。有几次随友人去他家拜访，丝毫没有拘束感，相反地，见他平易近人，风趣谈吐，牵山比海，无所不谈，时有金句，引来满堂喝彩。即使众人对谈论的话题存在争议，他也是平等与人理论，绝对不是让人敬而远之的那一类教师。从他家出来，总有种如沐春风的清爽与通透。那时他的收入微薄，支撑的却是整个家庭的开支，日子过得挺紧的，但是他从不在我们面前显露愁眉苦脸的悲观情绪。换成现在的词汇表述，他传达给后学的是满满的正能量。

"师者，传道授业解惑也。"韩愈强调的是知识传授、疑难解答。网络时代的师者，如果还是依靠课堂上单纯的"教"，已不能适应新的时代的要求了。远程教学、音视频网课，学生即使身居偏僻的山村海岛，也能共享到优质教育的资源。但是，当年那种融洽无间的师生关系，那种亦师亦友相处的愉快氛围，那种教书之外又育人的"润物细无声",却是当下校园文化相对稀缺的元素。

"愉"是愉快、愉悦的意思。上天赐给你光,你用它照亮自己的同时,也带给别人光明。所谓"赠人玫瑰,手留余香"。愉先退休多年,子女事业有成,物质生活上早已没有后顾之忧,他的华丽转身顺其自然。热心公益,成了晚年的另一份事业,除此之外,利用闲暇时间博览群书、创作诗词,垒筑精神高地,照样忙得不亦乐乎。从这个意义上理解,"愉"更符合他现在的生存状态和内心追求。

常言"厚积薄发",愉先却是"早积晚发"。早年听愉师说过他在外地高校任教的弟弟,年纪轻轻就出版了专著,他的口气中,既为弟弟骄傲,也有几分羡慕。近几年他的创作处于才思奔涌的井喷时期,可以说是迎来久久期盼的文学创作的春天。我搜索浏览了他的部分作品,尽管是挂一漏万,能够感受到他发自内心的写作冲动和压抑不住的勃勃诗情。

温陵自古胜地,历代名家辈出,诗人灿若星辰,有着"四海人文第一邦"美誉。近人苏大山先生曾广泛搜罗,经过严加剔抉,收录入集的就达九千余首,可惜付梓之前人已仙逝,书稿后来毁于"文革"。文化贵在传承,尽管时代不同了,旧体诗词日益淡出主流知识阶层的视线,虽然不同年龄段都还有铁杆粉丝的身影,毕竟无法重新拾回往昔的盛况,于是连一些具备功底的中老年诗家也不再耕耘矢志而去。据此,我坚信愉先对旧体诗词的喜欢绝不是赶时髦,而是发自内心的热爱。我惊讶的是,一个整天书写英文字母、连做梦都念 English 的外语教师,玩起自己民族古老的手艺时,竟没任何的陌生感,或者说,因为具有过人的慧根悟性,他在旧体诗词创作上,从起步走向成熟的历练时间特别短暂。可以想象,退休对他来说,不外是换了新的频道,也许因为新，焕发出更大的兴致，吸引他倾注更多的心血。"教坛嗟退下，亦乐亦兼忧。喜是征衣脱，悲是职业休。棋牌无兴趣，家务难参酬。唯借诗书伴，逢迎日里悠。"愉先在《让诗花为生命润色》一文中透露了自己的心迹。"对诗词的爱好，却是对时光最好的挽留。我不想把退休的日子浪费在打牌扯谈中，电脑从头学，临屏击节勤。兴怀多撰试，灯下喜耕耘。""我写诗大多是有感而发，诗兴来了，不管晨昏午夜，身边的小纸头，或信封报纸的空白处，都是我的诗笺。"你看，这哪里像是一位年已古稀的老人，无论是强烈的求知欲，还是精气神的投入程度，完全不亚于初出茅庐的年轻人，俨然站在时代潮头的 C 位。

王阳明的学生问："您说心外无物，如此花树，在深山中自生自落，于我心何关？"王阳明答道："你未看到花时，花与你同归于寂。你看到此花时，花的颜色一时明艳起来，便知道此花不在你心外。"外师造化，中得心源。触景生情只是创作的表象，追究愉先这种近乎痴迷的执着之因，我从他为百年老屋"谅织苑"纪念文集写的序言中找到答案。"谅织苑"是家族合力重新修建、共同供奉先辈的祖厝，是家国情怀、乡愁记忆的寄托之所。愉先认为，家对于每个人都是快乐的源泉，再苦也是温暖的，也因为有了这份感情，家族才能承先启后，发扬光大。在他的眼中，老屋是一部家族之书，封面是老一辈给的，内容是子孙自己写的，厚度是一代接一代添加的，精彩是每个成员共同创造出来的。由于长期受到传统文化的浸染、熏陶，骆家走出不少各行各业的优秀人才，愉先的儿子骆钢、骆铁就是其中的代表。两兄弟从零开始，诚信待人，艰苦创业，创建了颇具实力的企业集团。企业命名为"德润"，本身就折射出传统文化对他的家庭巨大的影响力。他的家庭获得过全国"书香之家"、全省"最美家庭"殊荣，"家风如细雨，德润最清音。"我以为，好的家风胜过浩荡皇恩，孩子是他一生最好的作品，下一代的成功业绩，倒过来也激励他不用扬鞭自奋蹄，老当益壮，老有所乐，老有所为。

我知识积累有限，于旧体诗词方面缺乏研究，平时多少阅读到一些，觉得有两种倾向不可忽视，一是孤芳自赏、愤世嫉俗，诗句文字充斥空虚感、孤独感；二是只重格律、缺乏新意，随行就市唱和四季歌，内容主题则多陈词滥调。贺拉斯在《诗艺》中言："一首诗仅仅具有美是不够的，还必须有魅力，必须按作者愿望左右读者的心灵。"好的诗词，讲究平仄的间隔、节拍的匀调。但是只有抑扬顿挫、起承转合还不够，还要有开阔的视野、深邃的思想。如愉先的《歌颂母亲》："深情款款寄诗飞，节日千花献母闱。忆及柴门当日苦，怜轮白发古来稀。因思往事藏萱草，且看今朝舞彩衣。国泰民安圆绮梦，年华别样报家微。"拳拳之心力透纸背。再如他的自寿诗中，"舞剑未嫌筋骨老，弹琴却感岁时余。甘霖溢美飞虽秀，老骥扬蹄落却疏。何不观光邀鹤友，品红赏绿笑春渠。"乐观情怀充盈纸上。承接盛世，文采风流。歌吟新时代，畅抒亲友情。为师时桃李成荫，师德可风；作诗则工古文辞，穷经究史。而今，创作诗词已经成为愉先晚年的一种生活方式，难怪他越活越年轻、越老越快乐，浑身有着一股用不完的劲头，如果再减少些应景酬唱，让精力更聚焦一点，精彩大作将会源源不断。最后，我想借用泉州文坛前辈、诗词名家吴捷秋先生的一句诗点赞愉先："绝唱高明翻古调，文辞妙处感灯花。"

作者简介：

郭培明，《泉州晚报》原副总编 、《东南早报》总编。中国文艺评论家协会会员、中国散文学会会员、福建省文艺评论家协会常务理事、福建省作家协会全委会委员、泉州市文联副主席、泉州市文艺评论家协会主席。

晚年诗意的生活

（自序）

诗意的生活，在我看来并不是像陶渊明隐居田园的满足，而是在人生匆匆忙忙之际，在夕阳下留一方净土耕耘，直到收获人生最后一片金黄麦片。晚年生活的诗意，正是王国维《人间词话》中的人生三界："昨夜西风凋碧树。独上高楼，望尽天涯路。"

晚年静心地读点好书，收获的是知识；利用难得的安静时间，写几篇好文，作几首好诗词，收获的是才华和素养。"莫道桑榆晚，为霞尚满天。"刘禹锡的诗就是我的境界！"开荒南野际，守拙归田园。"陶渊明给退休老人安排了晚年生活。真好！

愉悦走过晚年的春夏秋冬！人老了，要坚守信念，长者之风，始终不变。用自己的笔挥洒剩下的岁月，过好富有诗意的生活。善心永在，益寿延年！

"蓦然回首，那人却在，灯火阑珊处。"让晚年生活活出诗意，相信终会有"雁引愁心去，山衔好月来"的收获！

骆　愉
2020 年 12 月

目　录

卷四　过程无悔叩心章

卷八 万紫花朝一半春

卷九　召唤辉煌桃李诗

卷十　快乐无形侃大千

卷一

燕垒桑麻岁月稠

Volume I

题儒津苑

儒津如画苑，设计意千般。

玉柱藏精妙，高楼起壮观。

朝南清韵绕，坐北碧波环。

大厦携风水，通眸景几湾。

儒苑扩建三园之喜

锦荔红昭稚，三园四照霞。

梳风听雅曲，拾翠品香茶。

舞凤莺啼序，怡人蝶恋花。

新晴堪纵笔，濡沫眷馨家。

注：儒苑添建三园："锦园""荔园"和"稚园"。

题儒津苑三园

小引：半野生津景几湾，梳风拾翠步其间。行吟儒苑三园里，偷得人生半日闲。

（一）荔园（东韵）

楼西点翠绕阡中，万簇梢头入画瞳。
尚爱花开妃子笑，尤怜果结雪心融。
林园格地听娇韵，隅苑生津染绿丛。
珠露盈盈生百媚，繁英种上荔枝红。

（二）锦园

东门半野荡花舟，绮丽风光绿意稠。
种竹种松琴瑟响，忱亭忱榭笛箫悠。
待茶这里诗飘座，煮酒其间画入眸。
翠筱万竿高亮节，常青四季锦园幽。

（三）稚园

门墙焕彩照间星，主体多元集一庭。
北隅裁诗龙荔美，南窗把卷稚园菁。
心神荡漾声犹历，气韵催生律未停。
新品层楼书醉意，这边胜景撩人馨。

儒苑三园咏

（卷帘诗）

（一）

东西两翼筑相畴，指点三园景色收。
山水清华春不老，横斜疏影暗香浮。

（二）

指点三园景色收，鸟禽争展竞歌酬。
红尘绿野疏烟外，菜地畦添唤绿洲。

（三）

山水清华春不老，诗情勃动蕴怀猷。
池边亭畔勾青梦，独谒陶心惬所求。

（四）

横斜疏影暗香浮，燕垒桑麻岁月稠。
沉醉花间如梦令，唐风宋雨共春秋。

漫步锦园里

（卷帘诗）

（一）

缓步花间听鸟鸣，影中画卷看分明。

桃源景色寻何处，且向锦园诗路行。

（二）

影中画卷看分明，绿树浅池芳草坪。

辗转找词书野阔，徘徊拾句韵林耕。

（三）

桃源景色寻何处，靓润青悬可掬情。

煮酒烹茶惟逐趣，吟诗作赋试新程。

（四）

且向锦图诗路行，柏松筛日竹凌晴。

红装素裹千条练，缀品珠玑一串成。

咏荔园里的茶屋
（卷帘诗）

（一）

清闲坐爱以长聊，风润花香绕苑飘。
茶话或斟红绿韵，屋当一隅乐逍遥。

（二）

风润花香绕苑飘，诗书入座远尘嚣。
晨同鸟语晚同月，但藉知音慰寂寥。

（三）

茶话或斟红绿韵，迎宾接待任昏朝。
推怀盏荡论今古，慷慨壶边话散潇。

（四）

屋当一隅乐逍遥，树下纳凉留影娇。
室雅撩人常客至，品花品茗两相邀。

荔园茶屋听雨有吟

逐影追风扰梦收，凭阑望外郁情柔。
独寻杂味清茶酌，难解惆丝细雨眸。
淡看光阴随逝水，轻弹韵律若凉秋。
天公知我心中事，涓滴犹如洗旧愁。

稚园蔚壮观
（卷帘诗）

（一）

弄翰雕成形象真，稚园秀博出墙新。
风情最是解诗韵，画栋花盈分外珍。

（二）

稚园秀博出墙新，燕绕庭围远近臻。
翠鸟枝头相呼应，江山美入洽红尘。

（三）

风情最是解诗韵，特色尤工已别春。
自有童声歌得意，老翁憧憬赋吟身。

（四）

画栋花盈分外珍，阳光盖世正怡人。

韶华正借同心力，应谢东皇恩泽津。

江城子·漫步儒苑后花园

乡音缱绻与诗行。赶天晴，趁心盈。几处园花，夹径笑相迎。鸟语闻来知问候，风有讯，月无声。

涵儒翠影绕时萦。踏吟程，一身轻。唤客邀朋，茶酌话尘生。稽古论今尤朗朗，桑梓事，总关情。

漫步儒苑后花园

如聆天籁踏歌行，花语松筠脚下生。

雅苑标栏双叠韵，闲园卧石几层情。

枝捎西北云疏淡，叶扫东南气朗清。

漫步竹林寻李杜，纷纷曲径伴吟声。

儒苑后花园探幽

绿绕庭围翠竹扬，造山造水美风光。

耕耘南亩裁花月，踏径闲吟几韵章。

乐儒书廊漫步

漫步书廊绕趣多，唐风宋雨助推波。
操坛如是千番咏，拔剑曾经数度和。
笔下飞龙吟岁月，纸间舞凤绘山河。
珠联合唱声飘远，李杜师传共一歌。

乐儒书斋铭

——仿《陋室铭》并次其韵

才不在高，为师则名；学不在深，为诗则灵。自是斋主，唯书品馨。儒风迎韵盛，德雨润园青。读写唤人文，交流数丙丁。闲趣听古琴，诵今经。凭陶怀之乐道，凭得意之忘形。归休隐故庐，际会约兰亭。俯仰云："何憾之有？"

儒津书斋咏

（卷帘体）

（一）

儒风帘卷化三千，津素之香诗味然。
书画乾坤沾德雨，斋门文转笔花妍。

（二）

津素之香诗味然，悠悠乞雅尽高贤。
归心既述红尘乐，振铎温柔缔翰缘。

（三）

书画乾坤沾德雨，含珠吐玉蕴心田。

宋唐楚汉融新意，英汉双通国粹天。

（四）

院门文转笔花妍，特色尤工吟叠篇。

一介园丁师道耿，春风又渡美歌弦。

沁园春·情满儒津苑

涌起乡音，唤起书声，托起高楼。望滔滔大海，助澜起浪；青山北侧，草木翻稠。壮美家园，浓浓画意，日洒春晖德润楼。蓝天下，看风光一片，景色悠悠。

诗花印在心头。有物语多多说不休。并霞飞云绕，思潮滚滚；敲平弄仄，谁摆诗舟？故里魂牵，茫茫世路，放眼江天凝聚柔。思无限，与亲朋好友，共祝神州。

走进儒园

走进儒园四望妍，探幽揽胜百花前。

临风酌韵时空挽，舞袖裁诗业界连。

笔自从容飞浩瀚，心由旷达得超然。

欢呼国庆书香伴，纵管兰亭更放篇。

情暖中秋爱在故乡

儒园织彩绽新时，旧雨不来今雨思。
风动风梳臻意境，云舒云卷跃心诗。
花中夺目轻舟荡，画里怀人美景辞。
远曲倾听悠最美，流丹飞韵似呼漓。

德润儒津苑乔迁卷帘诗系列
德雨儒风

（一）

德雨儒风燕入楼，平和正觉倍温柔。
绕新门第晴空碧，瑞日雍熙胜一筹。

（二）

平和正觉倍温柔，拂美催娇诗啭稠。
绮树芳园张翰韵，拉琴吹笛荡心舟。

（三）

绕新门第晴空碧，传家处世写风流。
青春唤起怀高远，岁月钟情惬意留。

（四）

瑞日雍熙胜一筹，风摇金浪自悠悠。
乡音缕缕连环召，志庆骊歌冲斗牛。

德润儒津大厦题联

上联：德丽润皇，时蔚年丰，溢彩凤来仪，玉宇生辉，甲第暖堂，墅雅三阳泰，桃李成蹊径，涌进千番紫气；

下联：儒馨津雅，地灵人杰，增辉龙献瑞，珠轩聚秀，春风入座，家和万事兴，江山入画图，迎来万道霞光。

乐儒幼儿园里
楷孙种的银杏树正在成长

文杏迎风八载秋，从容岁月入诗眸。
青春不语稚园里，待见家山梦逐悠。

题下宫村南面山风水联

上联：南面仰观，红上下飞虹，征象开，奔大道，岁月弘恢家族梦；

下联：山溪环绕，绿西东揽月，芳菲颂，拓新程，人文谱写水山情。

砖仔门刊族训 (四言文)

砖仔门族，一派生机。

导孙训子，谨守宗规。

六行有道，四德毕维。

谆谆教诲，宽严咸宜。

书香奕第，仰绎旨斯。

须亲互洽，敦谊谦虚。

戒骄戒躁，不亢不卑。

言传举止，躁率毋依。

嗔痴贪怨，礼佛忏兮。

修身养性，毅志笃期。

襟胸坦荡，信念坚持。

文章惠续，识见赢余。

尊长并列，同底温之。

精勤创业，以韧而持。

论交问道，范例应垂。

心香蕴美，至上尤跻。

勉哉和睦，燕冀相携。

纲常丕振，造化能为。

行仁积德，适解三思。

恭承正本，而励来兹。

砖仔门祖祠门柱联

横楣：融通四海

砖垂世泽融通呈百瑞
门仰宗风继述足千秋

横楣：明德维馨

砖迹重光昭穆人伦序
门庭焕彩蒸尝故垄缘

横楣：兰香蕙馥

砖引云礽庆远乡侨望
门臻瓜瓞绵长世代然

横楣：俎豆千秋

内黄霭瑞千枝归一本
渭水钟灵万脉系同源

横楣：谐亲履孝

内黄丕振功昭千载递
渭水长滋祖训百家传

横楣：百年树德

祖德流芳振起家风远
宗功浩大遗留世脉长

横楣：奕代流芳

祖穆绵连典祀千年重
宗祠丕著惟馨百世昌

横楣：睦族崇仁

高山共仰宗贤承首事
大业同襄祖德绍前徽

横楣：奉先思孝

代奕昌期簪缨推望族
家传泰运孝道继先声

横楣：继序不忘

序昭序穆古今涵雅量
报德报恩忠孝裕宏谋

重建砖仔门祖厝，弘扬祠堂文化

（卷帘诗）

（一）

砖门玉筑铸辉煌，可望高风博采长。
气势恢宏将座落，壮观尉起聚幽场。

（二）

可望高风博采长，裔孙广益智谦昌。
融通四海传衣钵，祖厝升迁放颂扬。

（三）

气势恢宏将座落，立碑修谱著弘章。
续延根脉青云步，氏族源流世泽长。

（四）

壮观尉起聚幽场，祖武宗文汇殿堂。
成就功名心意正，至知格物是书香。

故垒春回

（楹联）

上联：谅苑织道，历二百载沧桑，故里敬先贤，复建秉诚，气势犹雄，醉把民居特色，摄入花前月下，岁月能活，风抚墙头追往事，固也庭帏美；

下联：德楼润茂，揽几多重锦绣，心怀添感慨，逢迎信步，护持更力，且将祖业乡愁，话为天上人间，江山不老，春收眼底焕新姿，依然韵事悠。

谅织苑德润楼迎春联

上联：六合汇祥，乍暖知仁里，岁月同追梦，辞旧去，迎福祉，谅苑德楼留竹叶，正本正风在，遥望家山皆秀色；

下联：三阳开泰，钟情叩院门，人文共播春，接新来，送温馨，织园润宅印梅花，真心真实歌，高扬郡第尽朝晖。

钟灵毓秀　瑞墓重光

小引：郁郁苍苍任纵横，天安盘曲正回萦。乡心造出原生态，不是风声即水声。题"天安墓园"：天道寻常时序明，安金入穴势峥嵘。墓幽映绿传新讯，园野流膏着冢茔。

（一）

通天透地又逢春，百载追怀念故人。

每向长情欣尽意，方酬宿愿更攀亲。

旧时已去愁心杳，今日都来胜事频。

报与江山沾雨露，进金万事染红尘。

（二）

南面山头造墓田，昭彰冢上踞纷然。

地以气场开泰运，灵依宝穴启新天。

风藏水聚佳城固，霞蔚云蒸福梦圆。

列宗列祖征祥瑞，留取家声世代传。

（三）

择址堪舆鸠跃知，人和地利洽天时。

风清以驻南山墓，水远于滋列祖碑。

紫气东来荣子系，灵龙西拥荫荪枝。

星辰日月三光聚，德沐佳城兰桂诗。

编辑《造南山祖先风水大事记》心语

（倒叠韵）

（一）

谅门织锦合家春，百载追怀念故人。

每向长情欣尽意，方酬宿愿喜相亲。

旧时已去愁心杳，今日都来胜事频。

报与江山沾雨露，兰馨桂馥染红尘。

（二）

岁月纷纷历世尘，诸多往事忆来频。

心思话语千情重，意爱庭帏一脉亲。

道德传承遵祖训，家风继述启新人。

乡音振振犹驰骋，共铸光明满院春。

耕读传家

（接龙上楼）

小引："耕读传家"指的是既学做人，又学谋生。耕田可以事稼穑，丰五谷，养家糊口，以立性命。读书可以知诗书，达礼义，修身养性，以立高德。有一副常用对联"忠厚传家远，诗书继世长"（耕读传家远，诗书济世长），是着眼于本家族的文化、家风的传承。

（一）

德润之家世代绵，昭彰穆序本根连。

阳回斗转舒高远，祖慧人文博大千。

（二）

祖慧人文博大千，寸心抱璞念桑田。

悬知望族名乡梓，父辈江山缔造坚。

（三）

父辈江山缔造坚，箕裘克绍子孙传。

书香奕第钟灵秀，庭训遵行孝道先。

（四）

庭训遵行孝道先，儿曹奋发谱新篇。

峥嵘择业如潮涌，仕学工商共举贤。

（五）

仕学工商共举贤，程遐雁阵际尧天。

开来继往承衣钵，德润之家世代绵。

耕读传家

耕读传家唱大风，立言立信是初衷。

荷锄种玉书当饭，矩步规行德印踪。

俯仰犹吟桑梓调，逢迎尽练李桃功。

缃缣锦上花添秀，千古文章欲化龙。

卷二

老骥扬蹄落却疏

Volume II

自寿四首

（一）

学影流光剑击危，钟声熟悉暑寒知。

黉门造就年尤甚，外语登科志所期。

教席舌耕经以练，书田笔种举能为。

逢迎非似陶朱客，燕石铅刀敝帚之。

（二）

耕耘契我半生然，桃李成蹊汇一川。

颂月常吟思故垒，裁花尽稔顾新颠。

师心不尽千怀寄，旅简唯传一份怜。

弟子争荣欣得业，若询况事问流年。

（三）

关山景致草花蘧，拾翠寻诗半实虚。

舞剑未嫌筋骨老，弹琴却感岁时余。

甘霖溢美飞虽秀，老骥扬蹄落却疏。

何不观光邀鹤友，品红赏绿笑春渠。

（四）

悠闲陪我有儒鸿，翰苑重疏仄径通。

槛外吟哦加减异，窗前读写乘除同。

知音一诺青春志，韵事三余半老翁。

七夕时逢生日乐，者番更勉读书风。

七夕庆生朝

小引：天气温暖，草木飘香，这就是人们俗称的七夕节。七夕出生的人很幸福，想想我们过七夕节，你也在过，那么多人为你祝贺，你应该感到很幸运啊。诗以咏：

银汉迢迢复几重，倾河回斡喜相逢。
知音一诺旋千度，韵事三余和百衷。
映月盈盈沾叶露，睇光脉脉振条风。
天长地久凭书籍，夕聚情深意弥浓。

生日诗抄

小引：日子，过的是心情；生活，要的是质量。经营好心情，你就拥有了生活的全部。感受最近的幸福，享受最美的心情，任时光流转，岁月变迁。人生的每个阶段都如一款美酒，焕发着不同绚丽的色彩和美妙的滋味。

（一）

学书学剑此生酬，无悔人生春到秋。
善念谨怀欢浩浩，师心有守乐悠悠。
任教块垒青灯照，但得文光白发收。
平仄仄平敲未倦，诗词付梓醉心头。

（二）

襟怀呵笔记当初，直道始终浑梦如。

绛帐传薪甘雨净，退休秉节晚晴疏。

一生淡泊犹知足，两袖清风却自居。

七七迎年迎白首，百龄还有廿年余。

（三）

诗话迟来却放歌，重温往事感怀多。

留琴岂对斜阳叹，剩剑犹能老态磨。

世网既然消桎梏，书田自可漾漪波。

清词丽句堪颐寿，翰笔追陪逸处何？

雪梅香·辛丑庆生朝

寿辛丑，生朝函数乐其中。梦随人之愿，称觞百事融融。阶织年轮戏兰彩，叠赢来日子红。美凝处，浪浸斜阳，园更恢宏。

临风。德门润，毓秀菁莪，馨漫西东。次第春秋，影流一脉连通。柏翠妍姿正欢洽，自陶诗韵渡从容。人多逸、家声远，看南北征鸿。

七七喜寿三叠韵

小引：古代中国人把日、月与水、火、木、金、土五大行星合在一起叫"七曜"。"七"又与"吉"谐音，"七七"又有双吉之意，是个吉利的日子。因为喜字在草书中的形状好似连写的"七十七"，所以把七十七岁又称"喜寿"。八十八岁称米寿，九十九岁称白寿。

（一）

七十平添七，追诗到百年。
儒津琴瑟乐，德润子孙贤。
桂韵声添美，兰阶梦达圆。
书香堆案厚，继述谱新天。

（二）

家山濡汉月，喜寿正迎年。
启运遵师道，持谦效圣贤。
不求春永驻，但愿月常圆。
一介教书匠，最吟桃李天。

（三）

南山平仄径，行走寿从年。
路远和衷雅，心宽立德贤。
浮生诚意在，绮梦夙心圆。
杖国身犹健，珠玑照满天。

七夕寄语

小引：七夕，七夕，欢笑不息，幸福不息，甜蜜不息，情意不息，浪漫不息，快乐不息，美好不息，祝福不息，七夕已至，祝愿亲爱的朋友热情之火永不熄！七夕赋诗一首：

> 锦回原是玉生烟，遥望家山又一年。
> 步月移香吟七夕，梳云约翠衍三千。
> 归诗已赋南同北，是梦何谈后与先。
> 百曲繁弦弹岁序，于心缱绻是情缘。

获得全国"书香之家"称号有题

> 自吟自爱乐儒家，寄去心中一点霞。
> 随遇拈诗诗有别，逢欢洽话话无差。
> 横笺案角三唐调，策杖梅间两宋花。
> 笔织情丝方结茧，榭兰燕桂馥年涯。

寄怀五好文明家庭

序暖家风正，和谐履孝行。
如霞臻愿景，似玉寄衷情。
一脉埙篪奏，双枝琴瑟鸣。
修身兼立德，奋进创文明。

解读《亲情润无声》

小引：《亲情润无声》收录德润家庭两兄弟几篇怀念双亲文章，叙说亲恩浩荡。纪念双亲题联：1. 纪影深深，德辉世泽和风满；念怀特特，意蕴生机化雨稠。2. 纪忆萱庭，杨花有絮韵尤重；念昭女史，润物无声情可温。双亲逝去几十年了，岁月如梭，载离寒暑。追念人间，沧桑在目。他们怀旧心情依然，多少故事在他们笔下擅回。读罢感慨万千，有诗解读。接龙上楼十首：

（一）

《亲情》一卷动乡愁，字里行间缱绻留。
多少怀叙多少既，庭帏遗爱记从头。

（二）

庭帏遗爱记从头，母润馨家心血讴。
父德如山恩似海，慎终追远别时秋。

（三）

慎终追远别时秋，祖慧欣欣显世猷。
故垒缤纷消岁月，重温往事更绸缪。

（四）

重温往事更绸缪，俯仰青山意未休。
烟雨村前身影幻，沧桑照片尽迎眸。

（五）

沧桑照片尽迎眸，最看梳风德润楼。
存与后人长纪念，功深每说祭先俦。

（六）

功深每说祭先俦，唯寄纸钱泉下收。
教子有方堪作范，家声振作绍箕裘。

（七）

家声振作绍箕裘，处世书香晋万筹。
物语千番翻旧历，门庭生气志方遒。

（八）

门庭生气志方遒，甲第衣冠可探幽。
继起人文垂竹帛，年华焕发启兰舟。

（九）

年华焕发启兰舟，兄弟联篇呵笔酬。
写就人间真善美，红尘举念韵悠悠。

（十）

红尘举念韵悠悠，孝道弘扬浴德修。
瑰宝齐家双璧誉，《亲情》一部动乡愁。

母亲节纪胜

摇篮曲里最情深，乳燕长成旧屋寻。
日月昭昭开颂路，星辰脉脉入吟簪。
仁慈有道千番懿，和善无私一片心。
温暖世间多少梦，春晖辗转百诗斟。

庆祝母亲节

（卷帘诗，作真韵）

祝福天底下每一位母亲——母亲节快乐！诗以庆：

（一）

高堂母爱最纯真，血脉牵连骨肉亲。
温暖世间多少梦，春晖永驻报无垠。

（二）

血脉牵连骨肉亲，千番懿德悃津津。
肩挑日月持家苦，兴致寻欢喜及辰。

（三）

温暖世间多少梦，归家绕膝禀心频。
非凡举动情传递，不尽童心别样春。

（四）

春晖永驻报无垠，萱草艳留梅韵臻。
节到千花殷致敬，深情寄语祝康身。

金婚纪念

（一）

杖围鸳谱纪金婚，俯仰桑家旧梦温。
卿本荆钗甘地种，我非纨绔乐书援。
奔波尚忆秋鸿影，拓展犹留春燕痕。
检点平生何所事，囊中诗稿感知恩。

（二）

梅竹天寒见性真，两心纯洁写精神。
豪情劲节凝双璧，傲骨凌霜共一身。
物我清宵千韵曲，楼台秀苑满园春。
菊花清淡争秋晚，收拾落英烹茗臻。

美珍获得
"光荣在党50年"纪念章

熠熠生辉红照眸，非凡意义举旌旒。
践行使命初心守，信仰忠诚刚正留。

陪伴是最长情的告白

（一）

父慈子孝若平常，形影不离陪伴长。
海纳山川传美德，天高地阔沐阳光。

（二）

岁月该知教育多，园林撑护任蹉跎。
至情如一同基调，从小就吟劳动歌。

漫漫人生路　老少一起走

世路三千老少同，豪情出发乘东风。
红尘滚滚诗书伴，览胜探新时与通。

题孩子们在老家的生活影集

小引：在疫情之下的 2020 年，孙子们从香港、厦门回老家生活。转瞬之间一年过去了，看罢这段时间他们学习、劳作、玩乐等生活状态的一些照片，感想多多，卷帘诗一组以咏：

（一）

疫情之下过如何？岁月凭它寸寸磨。
照片携来堪见证，乡心锻炼乐随波。

（二）

岁月凭它寸寸磨，珠玑博采十分多。
看山看海人文就，理趣搜奇每日歌。

（三）

照片携来堪见证，童怀写意垒琦珂。
修书健体同时学，兰玉庭开上下和。

（四）

乡心锻炼乐随波，地气相融正气梭。

幼稚行吟含大意，光阴发轫岂蹉跎。

寄　怀

兰阶戏彩乐儒家，茁壮荪枝四照花。

一道成长从小伴，书香继述走年华。

爱孙小学

小引：稚孙骆骏在香港读小学一年级，由于疫情所控，未能赴港，第二册插班寄读家乡学校（泉州台商区第八实验小学）上课，这学期已上第三册啦。卷帘诗一组以记：

（一）

白发轻装早摘霞，追欢一路荡书涯。

师怀在抱书香带，总有春风到我家。

（二）

追欢一路荡书涯，接送全凭摩托车。

少小挎包心似咨，迎逢都是结村娃。

（三）

师怀在抱书香带，舐犊人间职绻爷。
矩步规行重发轫，老夫惬意不分差。

（四）

总有春风到我家，丰匀种玉待诗夸。
送孙到校天天伴，穿越时空笔着花。

贺获奖

小引：祝贺骆骏同学获得泉州台商区第八实验小学民钟火炬奖。

折取桂枝先出丛，书声逸趣得春风。
民钟火炬朝阳绽，金色童年正向红。

上　课

剑击书吟致远传，诗般季节启今年。
翔云志得龙门跃，上海滩开见卓然。

上海读书

上海征程学路长，博来成就满行囊。
将能大器读书铸，凤舞龙飞志气扬。

赠契女

（一）

雅馨缕缕尽随心，一寸师怀一寸深。
相契结缘真解我，儒园属意更诗吟。

（二）

相亲有爱契同邀，儿女情长最是骄。
岁月提升新价值，书香举世荡春潮。

寿香港胞兄八七初度

（一）

德润庭帏添寿光，弹来鹤曲合欢堂。
棣华增映洽声乐，春艳飘然同日长。
祝嘏频来堪慰藉，迎年继述更宜扬。
南山拾级与时进，耋耄之花向晚香。

（二）

杖朝弦曲乐如何，携手人生与燕歌。

品志深凝长砥砺，精神振奋未消磨。

凡间舞凤新潮满，客外飞龙逸事多。

仁德门风承福寿，扬蹄老骥跃春波。

寿香港胞弟七七初度

（一）

儒雅风流学业真，陶章叠叠叙经纶。

粗茶淡饭流年送，陋室寒窗韵味臻。

握卷依依持晚节，陶怀欲欲健精神。

调和击节晨昏竞，老骥南山蹄奋频。

（二）

杖朝之岁庆新庚，信笔修书鹤健程。

往事未尘皆学问，余歌存韵是书耕。

襟怀尚忆凌云志，枕席犹吟揽月情。

幄运添加耄耋路，香江安度解颐行。

致旅美平佺的一首诗

人生旅途漫长，我把生活诠释成诗和远方。翻开记忆的画册，往事历历在目，感情依依。但是时空之隔，我没有机会去看望平佺一家。最近好吗？念念不忘。今寄一诗深深问候，以解乡愁。

花开越卅春，旅美茁华人。
岁月需豪迈，时光当自珍。
星空穿雨乘，海国破风臻。
何日欣相聚，藉诗情寄真。

诗寄旅美平佺一家
（倒叠韵）

（一）

时光老去逝年华，望远迎眸点点霞。
太白举怀陶韵事，孟公具黍毓诗花。
庭前竹绕常思国，堂上兰馨更恋家。
尘世人伦牵旅梦，绵绵情意共天涯。

（二）

春秋卅几透清涯，曲韵柔柔俭克家。

近览他乡桃李树，遥观故垒桂兰花。

添玑后裔黉门俊，织锦前程圣殿霞。

德润书香传世代，翔尧燕翼展才华。

寄　语

小引：贺茵茵孙女考入厦门大学经济学院。

龙门一跃鹭门天，拔剑昌行路八千。

寄语女孙勤砥砺，青锋犹握更晴前。

卷三

德润携年分外红

Volume III

德润携年分外红

（接龙上楼）

（一）

德润携年分外红，凯歌一路韵融融。
集团崛起新轮越，更上层楼唱大风。

（二）

更上层楼唱大风，骋驰商海颂腾龙。
攀高企业跃如虎，使命于肩托运鸿。

（三）

使命于肩托运鸿，多元一统自相通。
征南进北双驱并，尽练珠联璧合功。

（四）

尽练珠联璧合功，锦程步上更从容。
创投地产兼医院，大有迎将指望中。

（五）

大有迎将指望中，求真务实竞争雄。
超之所想传佳讯，德润携年分外红。

德润集团公司礼赞

（接龙上楼）

（一）

德润人文契世缘，公司纶手劲挥鞭。

香江大陆征途拓，风雨兼程路八千。

（二）

风雨兼程路八千，经营地产领航先。

创投实业步同迈，医院颐和接舜天。

（三）

医院颐和接舜天，龙腾虎跃马催前。

高科引进平台筑，发展相期大有年。

（四）

发展相期大有年，追求理想任方圆。

横空出世陶钧力，再写群英锦绣篇。

（五）

再写群英锦绣篇，敲金戛玉两怡然。

始终直道层楼上，德润人文契世缘。

德润集团发展二十年之赋

（卷帘诗）

（一）

德泽深耕廿载循，润之地产每逢春。

集贤立本同心启，团队相从精气神。

（二）

润之地产每逢春，伟业机缘更创新。

万曲乡音宏愿奏，楼花烂漫照红尘。

（三）

集贤立本同心启，劲足前行砥砺真。

秉性歌风雄荡阔，从容儒雅健通津。

（四）

团队相从精气神，良机有迹运来频。

耕耘不辍上游踞，卓越清标绩可人。

有福德润

有福相随德润人，年华交付蔚红尘。

知明致广标航正，笃信行仁立意真。

发展同圆中国梦，和谐共织五洲春。

精心乞雅风光领，可卜前程玉局新。

题"爱我德润"

爱心一片踏歌行，我气巍然风韵生。
德业凌云翻笔意，润园多艳解诗情。

赞《德润社区》红色特刊

（一）

红色刊登德润篇，公司内外竞争先。
时逢盛世同圆梦，中国光辉颂百年。

（二）

公司内外竞争先，能量频升犹致坚。
锄月耕云凭奋斗，有为驰骋化三千。

（三）

时逢盛世同圆梦，使命担当肩负然。
再创江山双璧誉，征程进取更光前。

（四）

中国光辉颂百年，巨龙腾起玉生烟。
民生聚睬和谐处，今日功勋慰世贤。

热烈祝贺山东潍坊德润学校十周年庆典

（一）

德树旌旗八斗红，润滋桃李释书功。

学衢竞力舒宏志，校训求真励壮衷。

十载传薪声望显，周行布泽士林崇。

年华谱写辉煌史，庆洽潍坊歌彻空。

（二）

德音引凤沐儒风，润毓鸢都百蕊红。

学敬师贤兴骏业，校尊圣道释初衷。

十旬步履铿锵晋，周里书香妙慧崇。

年秩方遒欣折桂，庆辰礼乐动遥空。

山东潍坊德润·天宸
鸢都湖畔墅质洋房咏

鸢都漫卷百花开，湖畔香牵美景来。

因有清风衔彩梦，楼盘秩画靓谁裁。

题"德润天宸"楼盘

（冠头）

德立洋房唱大风，润花四照社区红。
天时地利人和里，宸宇赢来声誉隆。

昆明德润香山府耀世开盘

德润香山府，开盘四照妍。
风雷声震耳，鹳鹤翅摩肩。
贵客迎门至，群芳报道传。
昆明龙昂首，期待焕新天。

德润筑福惠州

（一）

动工大吉引东风，福筑楼盘向九重。
德润惠州甘露湛，匠临之作孰能雄？

（二）

幸福相随造化功，初心耀启更恢宏。
春秋有梦凭舒展，特色名园百姓崇。

泉州颐和医院正在建设中

（卷帘诗）

小引：作为海峡两岸医事交流重要项目，台资综合性医院——泉州颐和医院正在建设中。这家医院是首个落户泉州的台资医疗机构，功能辐射全市乃至福建全省。2021 年泉州颐和医院按期试营业。

（一）

颐和医院响新钟，进驻泉州唱大风。
崛起浓浓红十字，百年产业立从容。

（二）

进驻泉州唱大风，资源配置更和衷。
仁医德术平台筑，两岸交流协共同。

（三）

崛起浓浓红十字，健康福祉建之中。
人才力量携程举，海峡杏林春正红。

（四）

百年产业立从容，温润民生惠及通。
济世为怀高品博，铿锵鼓点激情融。

题泉州颐和医院联

颐善兴医双美系桑梓
和衷济世一流铭杏林

德润杏林秀　颐和扁鹊盟

博引殷殷筑杏林，悬壶济世显仁心。
神州开路汇天使，留取人文意正深。

颐和医院
举行儿童先天性心脏病筛查公益活动

德润童心希望红，颐和医院济和衷。
相携共筑健康梦，大爱担当唱大风。

题"德润颐和"群

德树心田筑梦同，润之地产看霞虹。
颐贤立信宏图展，和附群声合唱融。

题德润 "和风物业"

和事和谐内外和，风呼德雨润之多。
物无巨细有回应，业绩称觞如意歌。

德润慈善基金会

（冠头）

德泽家山福祉长，润之大爱岁堂堂。
慈心敬养传衣钵，善事施行解义囊。
基拓平台声势浩，金随夙愿誉名扬。
会同社稷今携手，创举人间诗并彰。

卷四

过程无悔叩心章

Volume IV

这一生，谢谢自己

（一）

我生碌碌为谁忙？多少难题总自襄。
向晚时间轮老到，过程无悔叩心章。

（二）

栽桃育李职逢场，茹苦含辛心里装。
犁雨耕风呼透透，园丁脚步每坚强。

（三）

奔波岁月历沧桑，宁静平和致远长。
名尚师称应得意，得成教业爱如常。

乡 怀

（十五删韵三叠）

小引：真实自然，泰然自在，怡然自得，保持自己独特的个性特点，岂不是快哉、美哉、悠哉！诗以咏：

（一）

当如感慨寸阴间，恰值耆英形胜闲。
槛外吟哦邀朗月，窗前读写唱家山。
师心逐梦声依旧，网络销魂韵未删。
丽句清词堪祝寿，解颐涵爱布衣斑。

（二）

微吟走笔杖乡间，咏菊描梅写竹闲。

结凤方能通八极，涂鸦岂敢蘸千山。

寸心注满陶犹颂，橐字凭挥添或删。

刻紫流红无数美，桑榆夕映照诗斑。

（三）

世事纷纷夜寐间，一从翰墨可悠闲。

班门弄斧帘开卷，孔庙堆笺梦涉山。

致力殷勤薪火击，操心剪接叶枝删。

迎来柳暗花明路，翠袖飘香仄径斑。

岁月静好又一年

小引：推开岁末的门扉，在冬的深处徘徊倚望。一场素白，一场清欢，沧桑的寒意总是如期而至。人生有多美好，唯有时光知道。只静静花开，静静花落。感谢自己，惊艳过一岁的风景，做时光的有情人。你不是过客，是一眸深情的归人。诗以咏：

岁月匆匆又一年，竹梅瘦影更翩跹。

青山碧水李桃泽，幽谷白云情愫绵。

点点星辰追梦月，长长雁阵待春天。

蹉跎往事烟波过，半亩诗花化八千。

人生唯一是寒荆

（倒叠二律）

（一）

人生唯一是寒荆，俯仰之间何说明。
碌碌无休酬世日，殷殷有训策家声。
丹枕百练身心健，筚路千辛志气清。
饮誉乡村争晚节，韶华一样越阡横。

（二）

吉星高照数天横，履历半千行影清。
素志犹承师靖节，苍心未负礼传声。
倾身尽付终能补，致力犹吟定有明。
岁月蹉跎同应世，人生唯一是寒荆。

不负春光不负己

（一）

桃李成蹊艳，师怀忘近忧。
蚕丝甘吐尽，烛泪累垂流。
三尺鞭挥采，千书语蕴酬。
解津承诲倦，不负鉴春秋。

（二）

晚景萧疏至，消闲自感幽。

常存除俗气，坦荡逸清修。

人老期新岁，书多恋旧畴。

匆匆如逝水，或许少年留。

相思一把寄何人

相思一把寄何人？等候探梅馥郁臻。

惊叹时光流似箭，回眸道路曲留津。

迷烟拂去无端美，俏影邀来格外真。

忘却凡间烦恼事，珠帘半卷正迎春。

晚年怀若谷

（一）

晚年怀若谷，悬镜正吟身。

恳恳乘除破，殷殷加减巡。

歌风酬胜事，咏月伴芳辰。

再剪西窗影，千诗化作春。

（二）

夕阳无限好，莫道近黄昏。

绿韵堪回味，红霞更照园。

推怀吟岁序，继述赋乾坤。

我爱桑榆景，情倾最感恩。

人生漫漫　岁月悠悠
（卷帘诗）

小引：人生，就像一本书，有的人厚，有的人薄。有的人醉生梦死，有的人饱经沧桑。有的人在意封面，有的人在意序言。有的人在意过程，有的人在意结果。有的人高调写自己，有的人默默写人生。诗以咏：

（一）

人生故事写章章，参半悲欢自导航。

岁月印痕方式绎，花开花谢伴沧桑。

（二）

参半悲欢自导航，婆娑缱绻是心香。

或言或语高低调，行走红尘话一场。

（三）

岁月印痕方式绎，杂陈百味且亲尝。

风风雨雨称圆润，历练全凭意志强。

（四）

花开花谢伴沧桑，漫漫旅程前往长。
封面序言来一本，心灯一盏种阳光。

重阳节书怀

（倒叠韵）

（一）

迎来重九赋吟章，今岁谋篇别往常。
翠柏威容云彩远，黄花晚节旧情长。
诗牵归雁传诗讯，韵逸微屏暖韵乡。
再度登高寻美梦，一生淡泊数斜阳。

（二）

唐音四起赋重阳，旧酒新醅入醉乡。
特特溶诗疏或密，悠悠逐律短犹长。
灵来咏月知秋梦，兴至祈风伴日常。
拾韵支颐娱晚步，如今坐爱颂兰章。

学影流光剑击危

（一）

学影流光剑击危，钟声熟悉暑寒知。
黉门造就年尤甚，外语登科志所期。
教席舌耕经以练，书田笔种举能为。
逢迎非似陶朱客，燕石铅刀敝帚之。

（二）

耕耘契我半生然，桃李成蹊汇一川。
颂月常吟思故垒，裁花尽稔顾新颠。
师心不尽千怀寄，旅简唯传一份怜。
弟子争荣欣得业，若询况事问流年。

（三）

关山景致草花蓬，拾翠寻诗半实虚。
舞剑未嫌筋骨老，弹琴却感岁时余。
甘霖溢美飞虽秀，老骥扬蹄落却疏。
何不观光邀鹤友，品红赏绿笑春渠。

（四）

悠闲陪我有儒鸿，翰苑重旒仄径通。
槛外吟哦加减异，窗前读写乘除同。
知音一诺青春志，韵事三余半老翁。
七夕时逢生日乐，者番更挽读书风。

论做人

做人做事任蹉跎，世道苍茫锦瑟梭。
秋月有情凭您掬，春花无怨任君歌。
曾经可记横和纵，今赋还谈少或多。
但愿学坛崇礼义，立于天地博如何？

心 月

师怀呵笔到华颠，直道相随寸月圆。
得意传薪陶韵事，倾情击剑送流年。
语英数学曾酬课，初附高中更舞鞭。
轭卸犹思耕种日，芸窗影剪忆从前。

人生三部曲

小学毕业那一年——1957 年

学海无涯过隙传，书山欲渡问何年？
追思初考何言沛，录信西窗道翰然。

考上大学那一年——1963 年

水唱山吟致远传，诗般季节六三年。
翔云志得龙门跃，金榜题开见卓然。

教席退休那一年——2002 年

杏坛淡泊不经传，洒潇为师卅几年。
常念青春风彩日，时光转瞬似云然。

纪念退休十八年

小引：夕阳无限好，莫道近黄昏。结束了按部就班的职业生涯，成为一名时间的自由人。回顾退休近廿年来，感慨万千，在退休的日子里，我依然快乐着，卷帘诗以咏：

（一）

初心一梦付春秋，瘦笔风吹未告休。
日历翻开随岁换，无尘晚景感清幽。

（二）

瘦笔风吹未告休，自怡翰海可闲游。
兰亭吟赖情犹在，手把朝阳藏卷留。

（三）

日历翻开随岁换，栉风踏浪可扬舟？
闲来回望浮云过，辄叹蓝田种玉收。

（四）

无尘晚景感清幽，听月看花更自由。
微信从今消块垒，童真回放尚迎眸。

难忘社教工作队的岁月

　　小引：1964 年 9 月开学不久，我们福建师院英文系二年级的 100 多名师生，按照中央的指示精神，参加了福建省委组织的农村"社教"工作队，到闽北建瓯县搞农村社会主义教育运动，即"清政治、清经济、清组织、清思想"的"四清运动"。我被派到闽北建瓯县城关公社东溪大队香碓坪小队，社教期间和农民同住同吃同劳动，那次参加"四清运动"，是我有生以来第一次以"干部"的身份正式参加政治运动。56 年过去了，往事悠悠，"四清"工作的一幕幕至今仍萦绕心头。卷帘诗一组以咏：

（一）

社教参加到建瓯，举帆逐浪兴悠悠。
四清运动纾贫共，戮力当年唱壮猷。

（二）

举帆逐浪兴悠悠，政治风云经历酬。
声势轰轰犹热烈，轮番尖锐猛从头。

（三）

四清运动纾贫共，试点乡村部署筹。
查账查人思想硬，揭批党内斗资修。

（四）

戮力当年唱状猷，特殊一幕卷神州。
相知岁月飘零腿，锻炼艰辛记忆留。

晋江军垦农场生活的回忆

　　小引：回顾一生，风平浪静。1967 年大学毕业后，被分配到晋江西滨军垦农场接受再教育，受命到解放军的大熔炉里接受锤炼。

　　在与军人共同劳动和生活的那段日子里，养就了我一生吃苦耐劳、勤俭简朴的生活习惯。不管在哪里，认认真真地做事，正正派派地做人。卷帘诗一组以咏：

（一）

学成得业下农场，军垦稻花分外香。
播种青春从锻炼，晋江部队战旗扬。

（二）

军垦稻花分外香，认真做事不彷徨。
与兵携手耕耘共，换地征天广积粮。

（三）

播战青春从锻炼，燃烧岁月起苍黄。
激情迴韵归心赋，如火如荼盖野霜。

（四）

晋江部队战旗扬，受教绪多昭德章。
履历翻开新一页，严明纪律伴成长。

重温知青的蹉跎岁月

（卷帘诗）

（一）

知青之路漠云烟，向日他乡比翼翩。

纪念墙中论往事，岂无絮语话当年。

（二）

向日他乡比翼翩，光阴运转史空前。

艰辛砥砺银锄落，别样青春书志宣。

（三）

纪念墙中论往事，耕耘励志耨桑田。

红尘跌宕潮流背，一担风云挑两肩。

（四）

岂无絮语话当年，多少相思已释然。

那水那山随幕远，火红岁月可重燃？

上山下乡大田50年纪念

小引：这天泉州知青时隔50年再相会！580多名知青回到大田"第二故乡"。他们奔赴当年插队的乡镇，重温50年前那段难忘的岁月。卷帘诗一组以纪念：

（一）

知青一代弄潮弦，几载惊鸣下大田。
同首同歌同抱负，磨锤炼剑踏诗坚。

（二）

几载惊鸣下大田，豪情壮志化三千。
披星戴月蹉跎步，不怨悲愁云伴年。

（三）

同首同歌同抱负，青春美好奋朝前。
征程漫漫裁花月，第二故乡留艳篇。

（四）

磨锤炼剑踏诗坚，欢乐艰辛诞少贤。
五十春秋弹指过，岂无絮语忆绵绵。

福州军区七四二七工厂的印象

小引：福州军区七四二七工厂坐落在福建闽侯县江坂村的大脚山下，周围群山环抱，千岩万壑，层峦叠嶂。只有一条沙子公路和外界相通。整个厂区沿山沟展开，分家属区和厂区两部分，家属区又分前山和后山，厂区位置正好在前山和后山家属区的中间，厂区前后各有一扇大门，中间还有一扇应急门，平时很少打开。前后大门都有保卫看守，厂区车间一般人是不让进的，厂区被高高的围墙封闭起来。工厂里有自己的服务体系，市场、学校、商店、卫生所等等，不用出去就能满足平时生活所需。

工厂老老少少连职工带家属有一千多人。每天早上 6 点整，分布在工厂家属区各个角落的大喇叭就兢兢业业地吹起了部队的起床号，催着大家起床。到了上班的点儿，喇叭里就会吹起集合号，职工跟着号声进入车间，学生则背着书包上学去。下班时间到就吹解散号，只听号声一起，从正对着工厂大门的山坡下面望去，就能看见一支浩浩荡荡的队伍出现在大门里。有走路的，还有骑自行车的，人头攒动，行色匆匆，最后都消失在家属区鳞次栉比的楼房里了。

这就是当年七四二七军工厂的印象。那里的人生活时光，大多是在厂里的大喇叭声中度过的。这号声和场景相映生辉，风雨无阻。

在七四二七军工厂长大的孩子，那段温暖的童年岁月，将永远铭记在他们的心里。说起军工厂，现在的年轻人大多都不太懂，那也是时代的产物，因当时的国家情况特殊，在各个地方都建有隐秘的军工厂，也是为了保障国家防务的安全，做好战备工作。随着时代的变迁，社会的稳定，军工厂也就失去了存在的价值，基本解体了。

我大兄一家在七四二七厂工作生活二十几年，孩子也在那里长大。二十世纪六十年代初期，我在福州师大读书，常去七四二七厂走亲，熟悉那里一些人，一些事。我想用淡淡的文字记录那些印象。卷帘诗一组以咏：

（一）

独占江村那片天，层峦叠翠玉生烟。
如家创建人文竞，蝶去莺飞话大千。

(二)

层峦叠翠玉生烟，机器争鸣唱盛篇。
修理军车基地肇，春风得意美歌弘。

(三)

如家创建人文竞，结合城乡生活然。
学校商场成体系，百般喧闹乐年年。

(四)

蝶去莺飞话大千，深深印象更流连。
念时百感留诗卷，旧韵拾回嗟逝川。

大学毕业那一年

学苑重回"文革"年，光阴一恍似云烟。
寒窗显露藏心底，往事分明在眼前。
雾里看花人独瘦，江中望月梦空悬。
如今已是桑榆客，但仰夕阳聊叹然。

回到那年

（二律自接龙作先韵）

小引：大学毕业五十三周年纪念。

（一）

焚琴煮酒斗诗悬，放棹江湖篇叠篇。
网页扬声飘有韵，字花带露落无烟。
歌风咏月接龙赋，振鹭盟鸥飞凤旋。
回到那年堪默契，书生论剑更光前。

（二）

书生论剑更光前，往事追回话大千。
绮梦从知无尽事，黉门更念有情天。
榕城拾句词盈箧，翰海寻歌韵满船。
桃李春风多少事，而今却感尽飘然。

致四〇后的诗

小引：四〇后，是指一九四〇年至一九四九年之间出生的人。也是人们常说的"生在旧社会，长在红旗下"的一代人。刻苦、勤劳、认真、节俭、本分、诚实，加上理想主义，这等模范的一辈人。诗以咏：

生不逢时价几何，四〇这代苦奔波。
春花无怨懈无怠，秋月有情研有磨。
休管囊中钱币少，只图案上笔书多。
认真接纳尘间事，老到犹能自在歌。

写给七〇后的诗

小引：一路走来欣赏过花的美丽：春的温馨，夏的热烈。花儿去了，春还会再来；花有再开时，人无再少年。不惑过后，几多感慨。以为老去是很遥远的事情，但一年又一年，七〇后也正在奔五啦，时光越来越不经用。还有什么遗憾？一组卷帘诗以咏：

（一）

奔五人生倍奕神，沧桑宁静阅红尘。
阳光雨露浮烟转，谈笑相嘲共语人。

（二）

沧桑宁静阅红尘，潋滟芳波胜玉津。
洗去铅华心未老，催时树业费艰辛。

（三）

阳光雨露浮烟转，有道成材算本真。
但得蕙风天地阔，营营碌碌自堪珍。

（四）

谈笑相嘲共语人，如今花月一堂春。

曾怀满满凌云志，不惑啸歌境界新。

致〇〇后青春一代

小引：有这么一代人，他们拥有活泼开朗的个性，非凡的想象力，创造力和优越的生活条件，他们便是 00 后。他们热爱生活，享受求知。他们不谙世事，棱角分明；他们时尚阳光，魅力无限；他们是令人羡慕的新一代。卷帘诗一组以咏：

（一）

青春魅力秀扶持，焕彩阳光诗叠诗。

棱角分明新一代，校园竞展李桃姿。

（二）

焕彩阳光诗叠诗，悬梁待旦拓晨曦。

初心火火红尘里，筑梦天真才不羁。

（三）

棱角分明新一代，题名金榜逐如期。

书中励有凌云志，想象非凡见识之。

（四）

校园竞展李桃姿，活泼人文笔练时。

青葱岁月争朝夕，心藏家国更相思。

人到中年

小引：中年以后，要懂得放手。对琐事放手，对欲望放手。回首往事，日子中竟全是斑斓的光影，记忆的屏障中，曾经心动的声音已渐渐远去。人到中年百事忙，诗以咏：

岁到中年意苍茫，半百人生滋味长。

白发兼催千解运，南柯梦付几逢场。

披星戴月心虽累，沐雨经风志却昂。

春夏秋冬轮自转，豪情未灭送韶光。

写给年轻人

小引：最艰难的成功，不是超越别人，而是战胜自己；最可贵的坚持，不是历经磨难，而是保持初心。我们所要做的，是尽力做好自己，让每一个今天优于昨天。时间不会辜负每一点努力，梦想不会怠慢每一个脚印。

（一）致八〇后

四十迎年走岁华，人登不惑劲谁差？

光阴发轫期无限，事业开成调有涯。

脱俗出群能旺运，磨锋齐志更擎家。

饱经山海与时进，明日旅途开满花。

（二）致九〇后

东风给力助推波，而立迎来更有歌。

乐道乐观经世阅，陶心陶业逐年磨。

青春筑梦程催急，岁月流芳气逸多。

转折人生三十起，宏图大展问君何？

赞叹打石匠的生活

（卷帘诗）

　　小引：古人云：各业师，师师皆尊；天下匠，匠匠为范。惠安一带"文革"前以打石为生的工匠是很累很苦的。常说一句话：打石又打铁，一天是天二。以前，谁要想当采石匠，得跟着师傅学，一年没有工资，每天要挑工具箱，几年之后，才能自个儿干（出师）。石头能经得住侵蚀，石匠却不能抗拒突然坠入悬崖、被石头砸伤的危险。我很同情乡里已老去的那些打石匠，卷帘诗一组以赞叹：

(一)

硾抡錾凿响崖前，石窟深深汗水填。
手握钻钎岩壁破，寒温巧夺在山尖。

(二)

石窟深深汗水填，忍饥劳作啸年年。
低凹高凸蹇途转，贷地来回又指天。

(三)

手握钻钎岩壁破，背荷把试雨泥淹。
夏游冬蹈春秋碌，日月从来负一肩。

(四)

寒温巧夺在山尖，露宿风餐品峭边。
佝偻身躯挑显赫，何曾逸事至今传。

瑞泰伟业大展宏图

（倒叠韵）

题记：渊瑞的人生经历不仅颇具传奇色彩，而且有着改革开放的鲜明印记。渊瑞创办的瑞泰伟业走过了辉煌的历程。愿瑞泰伟业枝繁叶茂，前途锦绣。诗以赞：

（一）

浮沉商海角峥嵘，执念殷殷踏浪程。
云自化龙机转化，事方成器遇飘成。
筹谋纵使险中践，奋斗能伸勤处赢。
揣透玄机欣崛起，传奇色彩写人生。

（二）

红尘轶事运中生，苦乐参差搏敢赢。
独闯经商酬志焉，优行问道弄潮成。
瑞花纵月昭宏业，泰韵扬琴接伟程。
报德常怀多善举，传承启后继崝嵘。

卷五

采风带笔与歌讴

Volume V

一纸故乡

小引：但愿故乡，是一张皑皑白纸，写上最美最新的文字移居到城市的书本中。卷帘诗以咏：

（一）

痴心写满故乡情，不忘家山不忘名。
转换空间新构想，时光不改岁时更。

（二）

不忘家山不忘名，遐思往事絮飞盈。
曾经点点风流意，林外湖边霞影晴。

（三）

转换空间新构想，云峰半路百诗生。
高墙丽瓦归人醉，书本重翻玉可成。

（四）

时光不改岁时更，建设力推三化行。
待到雁回同筑梦，运频展翅入新城。

注：三化，新型工业化、新型城镇化、农业现代化。

泉州台商投资区群居姓氏吟

导言：姓氏文化的价值和意义：从基因学、遗传学的角度认同，同为炎黄子孙的血脉相连。通过寻根问祖，既是为祀祖尊宗，求得祖先佑护，也是明白我们自身，传承祖德、光宗耀祖。我们与祖先血脉相连，祖先曾经的苦难与辉煌，一定会通过血脉，流传到我们现在。中共中央国务院文化和旅游部办公厅〔2001〕29 号文件指出：

"作为姓氏文化中的家谱是一种特殊的历史文献，是记载同宗同祖的血缘集团，世系人物和事迹等方面情况的历史图谱，它与方志、正史构成了中华民族历史大厦的三大支柱，是我国珍贵文化遗产的一部分。"

姓氏，是姓和氏的合称。古代姓氏起源于人类早期生存的原始部落之中。从它的形成、发展、演变的漫长历史过程来看，它却是构成中华民族文化的一个重要内容。国史、方志、家谱，是中华民族优秀历史文化传承的三大支柱。中国姓氏表明了一个人的家族系统和血缘关系，是了解中华文化的重要契入口。

参天之木，必有其根；怀山之水，必有其源。中华民族自古以来就有追根溯源、寻根问祖的传统，体现了华夏儿女的民族自尊、历史自重和文化自信。传承华夏文明，推动国学发展，加强对子孙后代的教育，缓解各种社会矛盾，稳定社会，和谐社会。《泉州台商投资区群居姓氏吟》即表示对姓氏文化的重视。

泉州台商投资区群居姓氏吟

1. 张姓

黄帝开元逐逝波，五千古国史蹉跎。

青阳氏子挥公考，始祖发明兵器磨。

2. 骆姓

渊源穆序究根桠，溯本缘追姜子牙。

肇自西周稽谱牒，神农始祖帝传家。

3. 孙姓

始祖书公采惠民，功垂竹帛历名人。

乐安衍派流芳远，迹发驰明出富春。

4. 黄姓

黄姓根源固始连，徙迁闽地百千年。

守恭嫡裔四方布，江夏流芳赫赫然。

5. 李姓

理官为姓李谐音，木子闻名到至今。

称盛百家排第四，河南最是本根深。

6. 杨姓

杨氏排名序列前，端从姬姓系宗缘。

追根问祖山西始，晋后纷纷陟播迁。

7. 庄姓

西汉平襄天水长，之先颛顼裔融光。
本追楚国宗畴溯，姓出其名戴武庄。

8. 郑姓

西周祖溯郑桓公，姓氏名驰与国同。
谱牒昭昭稽远古，诸侯时代族称雄。

9. 曾姓

兰陵置郡牒昭昭，一派繁荣尽舜尧。
族以人文堪鼎盛，龙山衍派子孙骄。

10. 谢姓

乌衣望族系承随，世济凤毛诗叠诗。
青出于蓝绳祖武，千年宝树焕孙枝。

11. 苏姓

远祖高阳启序传，武功懋德史悠然。
芦山衍派千秋泽，自古纵横多显贤。

12. 林姓

源于子姓盛开基，宗族关联支叠支。
晋末迁居分世系，尽多文物至今遗。

13. 王姓

上古殷人子姓王，倾诚助禹契于商。
太原衍派开基拓，置郡山西在晋阳。

14. 许姓

炎帝系承源许昌，支流即道郡高阳。
立崇传德真如望，士应若金文脉长。

15. 吴姓

上古时期已有吴，缘于舜后地封虞。
称王寿梦基开派，季扎承宗继建都。

16. 蔡姓

谱牒稽探史记温，帝支姞姓是渊源。
春秋燕地于封后，蔡国迁移楚晋存。

17. 陈姓

谥号胡公国号陈，世孙得姓自商均。
郡望颍川开派泽，播迁各地继征尘。

18. 仇姓

系承宋国自源长，忠孝传家至乐堂。
东海笃仁称百济，文风郡望出南阳。

19. 蒋姓

芝兰毓秀世联花，吉士增宗寿国华。

世德孝思铭族训，钟山竹径祀桑麻。

20. 徐姓

东海传家号八龙，光先启后显华中。

长绵世泽昭千古，奕代流芳树德隆。

21. 郭姓

汾阳世泽虢家声，东国人伦史表明。

廷献文章循字辈，光州门胄阙闻名。

22. 洪姓

洪皓一门天下扬，源于姬姓赐甘棠。

宗山拱秀隆基业，星斗长明三瑞堂。

23. 江氏

闽南六桂艳红尘，祖德流芳胜玉津。

派衍淮阳从济水，一经传世永和春。

24. 伍姓

望出派行安定堂，武陵敦睦继绍彰。

系承伍胥姓从芈，士起宗支运肇长。

25. 倪姓

文盛多芳庆祥开，锄经传业伟基恢。
大承字起中华振，望出千乘置郡裁。

26. 刘姓

彭城望出受尧封，累祖德馨传世同。
字辈延丕家兴振，水源木本自弘农。

27. 何姓

庐江世第泽千歌，东海家声名望多。
大尚景深文德福，万宗友溥冠归何。

28. 邱姓

河南郡望致和祥，仁德乾坤振国光。
世代祖恩贻泽远，扶风可继显名堂。

29. 汪姓

宗溯颍川谱牒循，源从姓姬氏汪真。
平阳郡望垂青史，霞蔚云蒸启后人。

30. 胡姓

谱牒辉煌矗旧踪，历朝名宦树丰功。
淮阳安定锺祥渥，盛德贻芳百世同。

31. 朱姓

元璋开国史悠悠，曹挟传承启后畴。
溯本原来邾是氏，郡称东鲁自西周。

32. 施姓

施氏盛南源北踪，流长德涌子孙弘。
吴兴郡望家声振，博雅踵门标史功。

33. 周姓

濂溪世德邑封侯，脉接岐山启裔畴。
文肃汝南堂至德，诗书祖志纪千秋。

34. 辜姓

敦光世泽振元元，远益荣昌启后昆。
辜氏源来从子姓，晋安彰化立家门。

35. 姜姓

源出岐山姜水流，昭彰穆序播神州。
湘豫晋鲁闽台粤，一脉相承岁月稠。

36. 毛姓

天地玄黄宿列张，西河北地号堂堂。
祖恩立显荣朝土，贻泽文光运际祥。

37. 吕姓

典指唐朝仰吕公，立朝正色郡河东。
敬和锦上渭滨望，尧帝时期为秩宗。

38. 沈姓

三鸣世泽正名贤，八咏家声篇叠篇。
玉渚分华忠孝德，汝源流彩照诗天。

39. 连姓

籍著江都世泽流，双贤堂指绍箕裘。
姓连出自高辛氏，上党派分源衍猷。

40. 饶姓

临川绍美德成堂，邵武传经一脉长。
饶邑恢宏堪启姓，人文蔚起第泱泱。

41. 尤姓

源起汝南家谱彰，系承哺季遂初堂。
公侯伯子开基茂，奕世传芳永道昌。

42. 金姓

彭城衍派振纲常，少昊家声世爵扬。
汉室忠勋犹素著，义门孝友永流芳。

43. 公姓

竭忠规主启源流，王爵矢公典指道。

郡号蒙阴从上古，堂堂且正史悠悠。

44. 史姓

桂阳郡望立堂深，丕泽承嘉到至今。

史氏先贤多翰墨，诗书学广秀从林。

45. 潘姓

荥阳郡号衍行成，望出河南列楚卿。

桃焕花栽千户晓，三源支系一宗盟。

46. 薛姓

仲虺世泽绍文豪，三凤家声爵自高。

郡望河东新蔡置，江山六代纵临洮。

张坂华侨史咏

（卷帘诗）

小引：华侨，是一个沉重的动词；也是一个让人一生难忘的名词；还是感动时流泪的形容词。张坂有诸多著名的爱国侨领和抗战烈士，如：黄长水、黄光汉、孙易彬、孙庆珍、黄灿煌、黄景熙先生等。这是海内外张坂籍人士及其家族的最尊敬英雄和荣耀。相关的故居需保护和打造，相关的资料需整理。诗以咏：

（一）

源远流长世序梭，南洋外埠客番磨。

琉璃再纪峥嵘史，抗战英雄回忆哦。

（二）

南洋外埠客番磨，大道周行故事多。

著有声名忘不掉，故居打造旨宣和。

（三）

琉璃再纪峥嵘史，资料庚新整理何。

符号激情心志远，天涯一叶共婆娑。

（四）

抗战英雄回忆哦，华侨素履历蹉跎。

披褐怀璜先蜚念，摘来日月对天歌。

庆祝菲律宾惠安公会第 103 连 104 届就职典礼

惠梓旅菲闻史悠，安营共济崛他洲。

公赓世业子孙继，会聚群芳功德酬。

百事称觞荣社稷，年华焕彩富春秋。

庆诗迭迭缤纷至，典礼高歌更炳彪。

下宫溪畔法治公园

（倒叠韵）

（一）

引得车回环一游，烟低露重任裁留。

三湾石陌熙天色，两岸坡泥绽草畴。

带笔寻词犹缱绻，携朋拾句倍温柔。

春光十里飞珠玉，雅韵走廊诗意眸。

（二）

花香扑面缀迎眸，碧水粼粼草转柔。

零雨晨风抚绿野，余晖夕影映虹畴。

长溪直绕凭栏摄，曲径通连拾翠留。

信步往来寻景透，美哉恰是画中游。

后蔡—山内美丽乡村一览

小引：后蔡村—山内村，美丽怡人。山山水水，诗情画意。到处充满绿色，充满生机。整治人居环境，助推乡村振兴。在开展"美丽乡村"和社会主义新农村建设中，后蔡村立足资源优势，逐渐铺开，把"绿色后蔡、宜居后蔡、富美后蔡"分步骤设计。山内村在"美丽乡村"建设上打造旅游参观路线，让乡村焕发新风采。

道路两旁绿树成荫，环村而行的河流水质清澈。这里的山，这里的水，令人流连忘返，它们是那么的可爱，那么的美！诗以咏：

鸟喈蜂舞美歌弦，寨后山明更焕然。

百嶂青峰峦叠后，双弯碧水曲流前。

玑添翠满烟波地，稼种香飘锦绣田。

建设声中多气派，风光独占那边天。

泉州台商区旅游

（接龙上楼）

小引：泉州台商投资区城市副中心效应不断显现，基础设施加速提质，区域发展提档升级。这是一片孕育生机和创造奇迹的土地。由泉州中心城区向东，一桥之隔，一座滨水新城正在崛起。

（一）

浪漫新区爱引游，延绵港道走通幽。

台商崛起海丝路，魅力人文艺展猷。

（二）

魅力人文艺展猷，非遗盛宴任诗讴。

洛阳古迹时光绕，唐宋风情故事留。

（三）

唐宋风情故事留，老城尚影照骑楼。

百崎湖畔原生态，后渚桥东那片悠。

（四）

后渚桥东那片悠，晴村特色自春秋。

东园旺角空间转，张坂雕街踞一流。

（五）

张坂雕街踞一流，寻芳拾趣任君搜。

八仙过海相邀约，不尽江滨景百眸。

滨海旅游综合体——南飞鸿·乐荟港

小引：南飞鸿以"理想城市生活践行者"为使命专注于产品力与服务力，以匠作致敬时代；绽放城市生机，跃向美好生活。卷帘诗一组以咏：

（一）

顺势而谋意气扬，飞鸿乐荟港中翔。

春风得意精英集，礼献泉州锦献章。

（二）

飞鸿乐荟港中翔，起点赓新涵盖长。

盛举开工同见证，初心恒久创辉煌。

（三）

春风得意精英集，凤志扶轮正启航。

缔造旅游综合体，卷珠铺絮压群芳。

（四）

礼献泉州锦献章，宏图挺秀振家邦。

海西建设生机勃，传世地标仪故乡。

走进百崎湖生态连绵带

（卷帘诗）

小引：百崎湖生态连绵带建设将利用现状的生态环境，梳理自然山、水、田、塘等特色自然条件，优化河道岸线，并结合现状地形特点设置农田花海等大地景观，同时通过慢行系统将不同的景观休闲节点进行串联，打造可供市民休闲娱乐的生态公园，使其成为城市生态连绵带建设工程的先行示范区。

（一）

园路两旁花草茵，平凡小树纵蹊畛。

灵魂所在原生态，不负时光不负春。

（二）

平凡小树纵蹊畛，摇曳随风野趣臻。

秀色湖光塘夹岸，空中白鹭往来频。

（三）

灵魂所在原生态，水域温柔微景真。

栈道弯弯枕木架，探幽拾韵串联巡。

（四）

不负时光不负春，流连不去有诗人。
自然特色待梳理，展示输将节点新。

"国字号"台商区破浪前行
泉州台商投资区滨水新城拔地而起
（卷帘体）

小引：一个环湾滨海沿江的海丝新城区正在崛起。如今，我们脚下延伸的是"五纵五横"的道路交通网，触手可及的是海丝艺术公园的生态美景图，亲身经历的是日臻完善的产业新格局……在创新中发展，一路走来，台商区书写着厚积薄发的精彩华章。与城东新区仅一水之隔的白沙片区迎来了新的发展机遇，吹响了城市建设的时代号角。以"海绵城市""城市双修"为理念，倾力打造高品质的宜居城市空间。诗以咏：

（一）

新城崛起现晴霓，环海沿江望欲迷。
滚动红尘横纵路，百崎湖畔报春兮。

（二）

环海沿江望欲迷，双桥跨渡破吟题。
迎来发展逢机遇，港道湾湾精彩携。

（三）

滚动红尘横纵路，白沙廓外鸟鸥啼。

连绵起伏画图叠，诗意自然东到西。

（四）

百崎湖畔报春兮，留住之魂史可稽。

厚积丝绸拖不尽，宜居建设剪新藜。

游泉州台商区八仙过海景点
欧乐堡海洋王国乐园

（卷帘诗）

（一）

来游王国乐随心，沉醉其中探雨林。

落地玻璃窥奥秘，精灵海底畅酣寻。

（二）

沉醉其中探雨林，声光采集尽灵琛。

逼真涌现激情里，百鸟飞歌似鼓琴。

（三）

落地玻璃窥奥秘，壮观气势汇长吟。

海洋霸主距离近，奇幻水中细细斟。

（四）

精灵海底畅酣寻，鹦鹉剧场华丽侵。

马戏魔轮推盛宴，邀君他日再登临。

泉州这些街巷名折射出
古时"民生产业"

小引：豆生巷、米铺巷、米仓巷、帽巷、鞋巷、米粉巷、糕包巷、碗糕巷、小菜巷、布房巷、牛皮巷……你知道泉州老城内，还有这些巷子吗？

这些以手艺、行业、生活物品命名的街巷，不仅充满了市井烟火气，还曾是古城一个个产业聚集点，彼时，人们买锡去打锡街，买豆芽去豆生巷，买花去花巷……从这些老街巷名中，还可一窥泉州民生产业发展变迁之路。

如今的老街巷，再也难见曾经的街景了。街巷里多是闭门歇业的门店，不再有买卖。多数的店主将老房子当作仓库，或是改造成纯住房。

这条老街巷——曾经来回过无数次的地方，带着陈旧萧条的气息。我怀揣着曾经的记忆走过这条街，仿佛间又回到了那童真的年纪。卷帘诗一组以咏：

（一）

千呼万唤旧街名，留在人间都是情。

暖色光晕连巷口，初心化作是民生。

（二）

留在人间都是情，莫言岁月益昌行。

喧阗铺店烟尘里，一瞥惊鸿在古城。

（三）

暖色光晕连巷口，变迁之路说峥嵘。

危檐陋店屏风老，琉瓦流晖杳影清。

（四）

初心化作是民生，昨日繁华荡荡声。

旧地沧桑如梦去，曾经折射记分明。

相约河市田格里拉

（卷帘体诗）

（一）

相约骚人河市游，洛江那里有诗舟。

园林田格里拉美，生态自然融一畴。

（二）

洛江那里有诗舟，野外探奇水影流。

满地堆香红绿漾，花明柳映引吟俦。

（三）

园林田格里拉美，辐辏烟波景最幽。

南北东西图画里，寻芳拾翠锦囊收。

（四）

生态自然融一畴，采风带笔与歌讴。

尽情娱乐尘缘结，疑似桃源入眼眸。

走进侨乡埭庄番仔楼

（卷帘诗）

小引：醉美番仔楼，百年华侨史。与诸多著名侨乡相比，东园龙苍低调得让人心疼。她偏安一隅，却有着惊艳的闽南风光。一幢幢特色建筑群中藏着那一辈人的血汗与荣耀。他们下南洋谋生，靠双手与智慧创出一片天。在异国打拼的他们始终魂系乡梓，功成名就后带着血汗钱归国建业，留予眷属子孙最实在的纪念。庄氏子孙惯于在门楣上悬挂"锦绣传芳"的匾额，以显震家声、耀门庭。人们世世代代不曾被外界打扰过，也让这个隐于市的村庄有着神秘的味道。诗以咏：

（一）

偏安一隅可赓酬，醉美龙苍番仔楼。

百载华侨桑梓系，繁荣过往话乡愁。

（二）

醉美龙苍番仔楼，闽南古筑自风流。
砖雕灰塑中西璧，格致南洋胜一筹。

（三）

百载华侨乡梓系，江山缔造予名留。
光宗耀祖家声震，锦绣传芳匾越遒。

（四）

繁荣过往话乡愁，村落行吟别样眸。
迭代更新传统里，岂无絮语记春秋？

晋江侨乡行拾锦

（一）草庵摩尼光佛公园

石壁浮雕印佛踪，天然像屹万山峰。
一尊跏趺绕长髯，无上至真香客从。

（二）晋江龙泉书院

美落龙泉雅气生，抒风咏雨若听声。
晋江文化青云上，古院书斋满是情。

（三）华侨闽台博物馆

巍峨建筑典赓祥，中外情愁韵满墙。
原始文明厮馆展，细端克鼎阅其藏。

（四）五店市红砖古厝

红砖别筑萃街衢，览胜探幽顾美庐。

原貌新推生态造，非遗旧仿古风徐。

相恋五里桥

小引：安平桥位于福建省晋江市的安海镇，安海古称安平，桥因此得名，因桥长五里，又称它为"五里桥"。安平桥是用花岗岩和沙石构筑的梁式石桥，横跨晋江安海和南安水头两重镇的海滩，始建于南宋绍兴八年（1138 年），前后历经 13 年建成，明清两代均有修缮，现为国家拨款依旧重修保留原状，闻名天下。诗以颂：

（一）

闻芳五里桥，漫步领风骚。

曲折沿河道，萦回畅暮朝。

奇观从意境，艳事洽心箫。

恒远人间久，晋江新梦滔。

（二）

相知五里桥，那里恋歌飘。

少女堪缘爱，衰翁亦吻娇。

追陪依梦拥，际遇伴魂消。

是转花传讯，寻春慰寂寥。

参观涂岭老区革命史展馆

（卷帘诗）

小引：涂岭古称"桃岭"，地处泉港区西南部，与惠安、洛江、仙游三县区交界。涂岭是泉港区唯一的革命老区乡，从大革命时期至解放战争时期，始终是中共惠安县委和闽中工委的革命根据地。涂岭的革命史只是中国浩瀚革命历史中的一朵浪花。展览馆共分为两个部分，第一部分是《艰苦卓绝的革命斗争历史》，第二部分是《日新月异的涂岭革命老区》。辛丑年7月17日泉州老园丁诗社一行前往涂岭老区革命史馆参观。铭记历史，不忘先辈，深受教育，感而赋之。

（一）

烟霞涂岭彩篇藏，今日参观别有章。
革命老区留印记，丰碑永驻颂辉煌。

（二）

今日参观别有章，馆中文物透馨香。
风云岁月峥嵘过，红色基因永住乡。

（三）

革命老区留记忆，苍松摇绿播芬芳。
工农唤起惊天地，展室英灵尽闪光。

（四）

丰碑永驻颂辉煌，感慨千番逸气飏。
心正呼春驰正道，精神继述兴偏长。

相约武夷山与诗游

小引：武夷山是三教名山。曾为羽流禅家栖息之地，留下了不少宫观、道院和庵堂故址。也曾是儒家学者倡道讲学之地。武夷山是世界文化与自然双重遗产。泉州鲤城诗词学会理事会八一假日组织旅游武夷山，大家带笔去带诗回。看诗友们发来的采风照片，感怀有寄三律。

（一）武夷山风水赋

心期欲到武夷山，那里风光十八弯。
远近岩登云绕绕，高低岭望水环环。
清溪曲里乘千转，玉女峰前韵万般。
带上书香儒道上，天游极顶意深含。

（二）虎啸峰览胜吟

虎峰画叠白云低，隔雾观山四望迷。
峻岭飞笺声自得，晴川逐律卷相携。
笔随遐想探幽摄，情惹游丝览胜题。
此日岩边轻点翠，欲攀峭壁借诗梯。

（三）九曲溪竹筏游

九曲迂回竹筏舟，青葱夹岸乐漂流。
湾湾碧水传神韵，耸耸丹山送艳眸。
信口艄公轻乐奏，陶怀骚客百诗酬。
武夷仙境惊奇绕，峡谷行吟晋万筹。

长汀策武桥充满沧桑的故事感

长汀景色独迷人，策武拱桥堪胜巡。
美丽犹存清苦里，诗寻故事话来频。

大田山水游

小引：2021 年 3 月 14 日泉州鲤城诗词学会一行三十余人乘车到大田县采风。采风有：1. 朱德带领红军事迹；2. 集美第二学村；3. 土楼；4. 大田茶山及品尝大田特色美人茶，返回一路高歌。卷帘诗一组助兴：

（一）

春风送我大田行，笔运纷纷心底生。
如问山间何最美，流丹飞韵筑诗情。

（二）

笔运纷纷心底生，红军展馆仰群英。
苏区印象重温史，览胜精神导远征。

（三）

如问山间何最美，仙峰绿处露晶莹。
施医济药凭传说，品制高茶负盛名。

（四）

流丹飞韵筑诗情，集美学村魂毅诚。

古庙宗祠林密处，当年庠苑绕烟呈。

西双版纳梦中游

（卷帘诗）

小引：西双版纳是一个神秘而迷人的地方，那里是傣族人民的主要居住地。那里是一个离赤道近的热带雨林气候的地方，她的美丽，与众不同，好似一只开屏的孔雀，在百鸟媲美中展露多姿多彩。她的美丽多情，风情万种。值得一游。

（一）

西双版纳梦中游，闻说那边山水幽。

特色云南多景点，何时相约远方酬。

（二）

闻说那边山水幽，雨林热带挽风流。

澜沧江畔珠围绕，傣族年年浴佛筹。

（三）

特色云南多景点，昆明大理美和柔。

溪云远树翠微入，香格里拉如敞洲。

（四）

何时相约远方酬，顾胜探奇乐自由。

可揽风光通缅越，津津尚品拾诗留。

金华的印象

江山八婺纵天涯，朝看烟云暮看霞。

港浪层层诗可激，城香朵朵画堪赊。

双溪水漾清风满，八咏楼观明月遐。

多少相思多少念，探幽何日到金华？

春风吹度粤港澳大湾区

（卷帘诗）

题记：粤港澳大湾区，是由九市二区，即广州市、深圳市、惠州市、东莞市、佛山市、中山市、珠海市、江门市、肇庆市；香港特别行政区、澳门特别行政区组成的城市群，是国家建设世界级城市和参与全球竞争的重要空间载体。

（一）

贯通列阵立潮头，澳港深珠宏略谋。

逢水架桥潮汐接，蓝图绘制动神州。

（二）

澳港深珠宏略谋，二区联袂劲方遒。

进军序曲今拉响，九市携行晋一筹。

（三）

逢水架桥潮汐接，春江浩浩泛轻舟。

同风而起巨龙跃，三地行行竞自由。

（四）

蓝图绘制动神州，开发南疆大范畴。

经济带连飞彩练，核心智创纳新猷。

港珠澳深游

（卷帘诗）

小引：游览景点——香港：大屿山（天坛大佛）、道教圣地（黄大仙）、香港会议展览中心、回归纪念碑、金紫荆广场、志莲静苑、星光大道和太平山。深圳：莲花山公园、深圳历史博物馆。澳门：港珠澳直通观光车、青马大桥、教堂遗迹大三巴牌坊、渔人码头、澳门巴黎人铁塔、威尼斯人娱乐场和金莲花广场。珠海：情侣路、渔女香湾、珠海歌剧院和圆明新园。

（一）

港澳珠深汇一游，鹏城首站豁明眸。

香江万点紫荆照，青马长桥美尽收。

（二）

鹏城首站豁明眸，饱览风光玩自由。
博物馆中综合读，莲花山上入诗畴。

（三）

香江万点紫荆照，卷轴街区四望悠。
大道星光移景换，太平幅幅展千筹。

（四）

青马长桥美尽收，圆明别致雅亭楼。
参观度假村情浪，渔女香湾印象留。

墨尔本花园世界颂

（卷帘诗）

首府流天籁，碧空连水臻。
韶华春色补，谁是赏花人？

（一）

一座花园播令名，春秋潋滟碧归情。
光辉四照添风采，咫尺天涯世界倾。

（二）

春秋潋滟碧归情，四季循环靓彩程。
放眼乾坤皆盛景，凝神况味赏繁英。

（三）

光辉四照添风采，一路轻尘一路萌。

梦幻桃源观自在，诗书画境各峥嵘。

（四）

咫尺天涯世界倾，宜居墨市美相迎。

标栏雅苑花千艳，曲径亭台写陌生。

悉尼风景美中收

（小辘轳体）

（一）

悉尼风景美中收，满目新鲜乐此游。

界内四方开阔地，搜奇览胜百诗酬。

（二）

绮丽风光临海畴，悉尼风景美中收。

行歌踏韵沙滩去，一路流连一路悠。

（三）

疏影波长邦迪过，恰如世外云浮岫。

悉尼风景美中收，绿墅红楼风水透。

（四）

徜徉不去步行悠，图画千番方寸留。
别是人间佳绝处，悉尼风景美中收。

吉祥九华行至善祈愿

（一）

吉起华山祈愿行，超然近靠听禅声。
悟来万事吉祥报，尘俗远离陶冶情。

（二）

一线瞻观合十呈，似闻九子答盈盈。
而今始得莲花拜，施地皈依玉已成。

（三）

梦起九华祈愿来，禅心自在永弘恢。
乡情至善菩提路，随遇而安福带回。

行摄海丝影诗合璧

小引：陈霹行摄台商投资区的光影作品气象飘逸，意度美好，诗以配之：

（一） 八仙过海

八仙过海影中狂，水上乾坤演一场。
欧乐若迷还若幻，移来造化又何妨？

（二） 古桥韵味

躬身日月远寻遥，古渡长天识古桥。
韵味通衢悠弄水，江亭夹道带诗陶。

（三） 靓丽雕影

一身形影背朝晖，精巧玲珑添靓玑。
种艺耕文垂佛界，钎头錾笔刻雄巍。

（四） 夕下滩涂

多层美景垒诗梯，眺赏滩涂夕下迷。
一片光辉连瀚宇，遥看天际现虹霓。

（五） 泉州湾大桥

泉州湾上大桥横，古郡临风载美行。
丝带路通驰远籁，云舒浪卷笑相迎。

（六） 雕艺街花匠

日修月饰画中藏，兼备形神昭赫彰。
雕艺唯凭花匠志，满街景色满芬芳。

（七）童话世界

回望曾迷那片霞，天真烂漫乐无涯。

朝阳园内播童话，谁种心田百朵花？

（八）颂歌献党恩

古弦弹奏动神州，乐雅酣歌更唱酬。

献曲悠悠天籁美，党之长卷拓春秋。

（九）海丝文化网

海路畅通从贸商，丝绸意走亚欧徉。

文承复兴中华梦，化作驼铃古道扬。

（十）百奇回族村

百奇顾景百诗扬，街市参差锦簇藏。

伊教堂前天作帐，载歌载舞乐时光。

（十一）山村乡愁——梅岭

重檐翘脊阅乡愁，旧壁赊光读赋酬。

赭瓦红砖凝古厝，家山梅岭梦悠悠。

（十二）乐在海丝

水天纵目海丝飘，鹭影纷飞试比高。

广宇霞飞烘日灿，祥和劲舞自逍遥。

（十三）乡村小景

小桥流水绕桑麻，两岸飞红四照霞。
遥望乡村图画景，庄吹袅袅有人家。

（十四）海丝艺术公园

景序扶摇艺术天，鹭鸥展翅舞蹁跹。
群雕栩栩海之梦，字画廊帆影曳连。

（十五）绿色海洋

海上奇观韵味深，翩翩起舞落丛林。
高枝茂盛群栖鸟，远处层楼绿色侵。

（十六）海丝生态公园

海域温柔微景真，空中白鹭往来频。
灵魂所在原生态，不负时光不负春。

（十七）千年洛阳古街

洛水悠悠绚丽花，阳光铺满亮奢华。
古香舍里儒簪合，街艳窗前曲韵赊。

（十八）南韵飞天

南弦最扣蹬人嗷，韵影穿姿艺术高。
飞舞空旋萧曲伴，天云涨气号声滔。

(十九) 古桥晨曦

缕缕晨曦过古桥，朝阳升起撒辉飘。
开怀小径推诗律，尽日还归情寄遥。

(二十) 海丝乐章

海丝丽影泽瀛瀛，浪缓犹闻汉乐声。
点点抹锋凌水美，高楼远处照光明。

(二十一) 泉州最美（台商区）南北大道

南来韵事接诗程，北往车流更纵情。
大织台商财富网，道开崛起筑新城。

(二十二) 浮山渔港

掩映渔村对岸霞，一泓银白水方赊。
舟前已惯去来事，眼底风光是浪花。

(二十三) 金沙滩

星帆点缀幻犹真，云卷云舒带美臻。
霞映沙滩增锦色，流连不去有诗人。

(二十四) 假日海岸

潮生潮去尽添玑，览胜搜奇带笑微。
一份思绪吟假日，心随海岸转诗归。

（二十五）渔舟唱晚

渔曲悠悠伴远航，舟帆点点瑟风光。
唱吟橹激掏星月，晚鸟知情卷夕阳。

（二十六）流光溢彩

斜阳半落醉怡然，溢彩流丹韵满天。
婉转寻波宜泛棹，还柔海水慢行船。

（二十七）快乐小伙伴

几多转动爱之光，快乐童年沐玉浆。
欲学蛟龙搏巨浪，青春振作盼高翔。

（二十八）海之韵

风流一段海之潮，别样年华寄梦遥。
心事苍茫何所寄，行行诗韵路迢迢。

（二十九）一年之计

紫气浮歌陇上牛，阡原翻滚绿温柔。
东君移步农田踏，万种风情漾画舟。

（三十）情定海丝

青山绿水两相融，美景叠加歌大风。
情定海丝笺厚磊，泉州湾里刺桐红。

（三十一）宜居新区

傍水临湖景一湾，宜家宜业谱连环。
蓝图打造新区镇，竞胜名园在此间。

（三十二）闽南印相

古香大院率天真，一洗墙垣斑驳珍。
砖瓦高门诗意在，骚风鼓起拂红尘。

（三十三）轻舟漾洛阳江

洛阳江浪扣虞弦，水上泛舟风棹悬。
鸥鸟飞腾迟到爱，世外有情彼岸连。

（三十四）恋

花香有韵漫凌风，胜意阑珊但恋红。
爱至深时邀约醉，青春错落在情中。

（三十五）舞动亚艺园

翩若矫鸿卷海丝，灵光美女笑相随。
风帆舞动情怀跃，玉带云霞一卷诗。

（三十六）胜利的喜悦

健儿逐鹿梦追欢，轮卷心声赛正酣。
道路轻骑争出彩，谁能胜利摘珠还？

（三十七）风景这边独好

满亭花月拂红尘，四顾烟霞幻亦真。
风景这边称独好，流连不去尽诗人。

（三十八）尊师重教

教坛纪录载师名，乐育英才满是情。
敬业精神犹可颂，寿星唤取焕年轻。

（三十九）今日台商投资区

十里烟波十里霞，车流滚滚笑年华。
海西崛起人文秀，一片风光映际涯。

（四十）台商区月亮湾

抱水环山景一湾，听潮看海客游闲。
长风万里从天起，漏彩含疏韵未删。

（四十一）浪花飞歌

浪击石礁诗纵横，花开鹭剪更淘声。
飞澜壮阔无边渺，歌海澎澎总是情。

（四十二）美丽家园

美丽家园四照春，高楼目断艳声臻。
门前百媚观光女，是否南来娘惹人？

（四十三） 故乡情

绿林底下望徜徉，自得闲来艳着妆。
岁月如尘封故垒，依然更念旧时光。

（四十四） 乐在其中

金黄蕊蕊绕吟风，洞府和谐喜事融。
童女童男输雅兴，花门俯仰乐其中。

（四十五） 台商区节拍

尚武神威巾帼扬，忠魂风骨染台商。
玉姿浩气添春色，节拍铿锵似凤翔。

（四十六） 漫步春歌

依依不舍爱深藏，修远兮兮世路长。
更唤春晖情缱绻，踏歌漫步意绵长。

（四十七） 红色娘子军

一朵琼花格外芬，满腔热血祭风云。
清华唱段犹回放，记否当年娘子军？

（四十八） 吉日

农村吉日铺张来，姊妹大衿围一堆。
蟳埔女人红顶灿，滔滔好望玉琼陪。

（四十九）渔村盛景

渔村又掩雾烟中，已着天光与海融。
南北穿梭龙舞领，敬神盛景彩时空。

（五十）春天序曲

春天序曲绚吟声，妙语扬诗已韵情。
更换门联添贺岁，构图赏影过年迎。

卷六

美梦飞腾筑梦行

Volume VI

中国光辉七十年

（接龙上楼）

（一）

中国光辉七十年，神州遍地焕新颜。
炎黄自有新生代，华夏谱腾经济篇。

（二）

华夏谱腾经济篇，如诗改革拓新田。
江山再创千秋续，科技卫星云上迁。

（三）

科技卫星云上迁，巨龙从此玉生烟。
飞扬大梦心怀远，今日功勋慰世贤。

（四）

今日功勋慰世贤，东方崛起正方圆。
江山赢得固如璧，国力频升景致前。

（五）

国力频升景致前，红尘驰骋化三千。
乾坤扭转鲲鹏举，大美中华四照妍。

（六）

大美中华四照妍，从容十月画娟娟。
民生聚睇和谐处，十亿心通接力牵。

（七）

十亿心通接力牵，耕云锄月竞争先。

三军将士初心赤，中国光辉七十年。

中国共产党百年颂

前言：今年是中国共产党建党 100 周年。忆来路，筚路蓝缕，诸多艰辛；观当下，小康圆梦，宏图新启；望前程，复兴在望，催人奋进。值此建党百年华诞之际，心潮迭起，感慨万千，特赋诗几首，以志庆贺！

（一）

功承四代换新天，震地雷声唱大千。

济世同圆中国梦，兴邦共织小康篇。

披荆举帜歌先烈，改革探征颂后贤。

代有江山如画卷，蓝图熠熠百花妍。

（二）

指航拓路向光明，继往开来众志城。

不忘初心担重任，常怀使命奋新征。

春风浩荡携春赋，梦想飞腾筑梦行。

跃上蓝天开画卷，和谐再展耀前程。

（三）

复兴之梦梦生春，上策兴邦主义真。

十秩云霄腾伟业，八千里路卷红尘。

三中惠泽城乡美，两制推行港澳新。

砥柱中流青史载，锤镰举起举天遵。

沁园春

盖世于今，百载春秋，国事悠悠。看中华崛起，炎黄肇业；奋蹄策马，万舸争游。凤翥西东，龙腾南北，焕发连环上下酬。东君报，春天花竞放，运势方遒。

欣开德绩连绵，是科技创新硕果收。两岸期一统，通关定矣；缤纷睦海，斗转神州。雀跃莺歌，政经双越，意义昂扬晋一筹。长征继，喜共和绝唱，五代风流。

奋斗百年路再唱红歌

（卷帘诗）

小引：红歌从中国共产党诞生时唱起，至今已有一百年了。红歌是时代的印记、是信仰的支撑、是心灵的驿站、是祖国的亮点。"红歌"不是抽象的革命口号，更不是单纯的政治符号，它能够广泛流传而且经久不衰。红歌是对党和祖国的赞歌，让我们再唱起来！

（一）

激昂万丈唱红歌，逐梦雄心驾玉珂。
华夏春回花正美，新舟鼓浪不蹉跎。

（二）

逐梦雄心驾玉珂，浩然正气汇成河。
精神旋律何曾断，澎湃心情万象和。

（三）

华夏春回花正美，一丛锦绣一丛波。
黎元盛世江山固，几代风流故事多。

（四）

新舟鼓浪不蹉跎，理想崇高如讯梭。
洒向人间都是爱，声喧岁月意如何？

祝德润董事长骆钢赴京
参加建党一百周年庆典活动

建党百年声势隆，京都威武载歌风。
参加庆典群英见，共续征程慰本衷。

建党百年主题
立体花坛亮相北京长安街街头

小引：北京长安街沿线 10 组花坛近日相继亮相，以"不忘初心、牢记使命"为主题，以"小小红船到巍巍巨轮"为设计线索，展开一幅生动的历史画卷。花坛名称依次阐释了开天辟地、建军大业、建国伟业、改革开放、走向世界、人民至上、全面小康、创新发展、美丽中国和扬帆起航等十个主题。卷帘诗一组以赞：

（一）

党迎盛世百年臻，十组花坛献诞辰。
装靓长安成画卷，尧天舜雨润街新。

（二）

十组花坛献诞辰，名称各取义涵真。
精心设计主题显，带路流霞胜玉津。

（三）

装靓长安成画卷，北京更亮照红尘。
展开幅幅复兴史，国度圆融美丽循。

（四）

尧天舜雨共和春，出彩蓝图万象新。
如此缤纷如此美，流连不去有诗人。

纪念辛亥革命 110 周年

题记：2021 年 10 月 10 日是辛亥革命 110 周年纪念日。辛亥革命推翻了统治中国几千年的君主专制制度，建立起共和政体，结束君主专制制度；辛亥革命传播了民主共和理念，极大促进了中华民族思想解放，以巨大的震撼力和影响力推动了中国社会变革。

长夜沉沉透曙光，共和政体盛炎黄。
为驱帝制旗浩荡，在济民生韵流觞。
北伐军中真理佑，同盟会里至诚扬。
先驱引领奇勋绽，举创程碑鼎国强。

纪念五四运动

五四青年一代雄，丹心碧血贯长虹。
英才舍命精芒赫，志士抛头气势冲。
使命担当为救国，初心夙愿敢争功。
追求真理韶华献，百万师生唱大风。

红色记忆永远的丰碑

小引：泉州台商投资区协拟编撰出版《红色记忆》一书。着重介绍台商区籍的知名红色人士传记或红色故事。不忘初心，继续长征。每一代都有每一代人的长征路。红色记忆，永远的丰碑。

（一）

究史研文故事温，弘扬理想振元元。
精神传递承前哲，丰韵崇碑启后昆。

（二）

红色追怀汇一编，初心坚守古今传。
悠悠往事藏书里，党史昭彰唱大千。

五一心声

欣迎五一颂歌扬，劳动诚涛国富昂。
伟业千民圆美梦，鸿鹏万里熠韶光。
同描景色新描画，共绣江山锦绣章。
节日心声歌盛世，前行砥砺更辉煌。

沁园春

特色花开，泛绿流红，国度播春。看清华舜日，龙腾凤舞，长城内外，万里无垠。锦绣山河，风光一派，靖世安邦物候臻。小康建，令黎元百姓，乐享天伦。

中枢换届迎津。二十大，京都四纳辰。赞复兴盛会，程碑铸就；昌朝党政，节点鸿钧。领导核心，运筹帷幄，决胜时期规划真。长征继，以非凡理论，跃跃创新。

欢呼全国两会胜利召开

（卷帘诗）

（一）

除罢疫情声唤频，京城五月会轮新。
闲庭信步春秋月，国是精研凝众神。

（二）

京城五月会轮新，尧舜雄风扫雾尘。
全面小康肩使命，攻关图治奋扶贫。

（三）

闲庭信步春秋月，特帜高扬万象真。
政策归心人气壮，关山纵马喜迎春。

（四）

国是精研凝众神，委员竞奏纳言询。

复工复产兰图展，庚子钟灵决胜辰。

七一颂

小引：如火的七月，中国共产党用金色的斧镰把前程开拓。金色的七月，彰显着峥嵘岁月里的一切光荣和梦想。

党庆迎双九，镰锤泽被篇。

丰碑盈赤帜，大业立苍天。

惠政中华崛，宣言世界传。

东方红艳艳，特色胜花妍。

海峡两岸第三届闽南语吟唱诗词
交流会五韵寄吟

小引：诗词是中华文化瑰宝中精华，吟唱是诗词重要的表现形式之一，而闽南语吟唱则是闽南地区传承诗词文化的传统方式。诗词爱好者，轮番登台可以用"泉州调""鹿港调"吟唱，记住乡愁，不忘初心。吟唱内容可以是楚辞、汉赋、乐府、唐诗、宋词、元曲、童谣等。诗以寄：

（一）作歌韵

宋唐味道岂消磨，楚汉清音两岸哦。
寄予陶诗端膝坐，与君把酒对天歌。
何须意慕云中曲，尽可情浓故里河。
心越家山明月在，乡愁万缕管弦和。

（二）作先韵

含珠吐玉美歌弦，相约闽南共举贤，
振铎温柔扬古调，裁诗浪漫说今天。
归心既述红尘乐，聚首何谈往事偏。
两岸吟声堪作证，童谣元曲楚辞编。

（三）作麻韵

时空穿越展才华，海峡诗坛比大家。
击棹乘风歌透路，放怀邀月笔生花。
弹筝古调乐犹响，舞剑新声吟岂赊。
滚滚红尘皆是梦，扬帆鼓动到天涯。

（四）作真韵

闽台咫尺往来频，唱热家山默契真。
瀚海从知无尽事，苍天怎隔有缘人。
渊明握卷交流广，李白携怀感赋新。
鹿港泉州同一调，乡音未改十分亲。

（五）作阳韵

悠悠闽曲入琴囊，剑铗弹来胜宋唐。
艺绎联欢声鏊鏊，台登步律意堂堂。
卷帘剪起频翻幕，辘轳徐拉迭滚章。
抛向尘寰情未了，乡音慷慨韵回长。

幼儿园唱响红歌致敬祖国
（卷帘诗）

（一）

九州彩带美如梭，奏响乐章天地和。
七十诞辰情感抒，千泓嘹亮振山河。

（二）

奏响乐章天地和，豪情挥洒不蹉跎。
初心逐梦人文竞，华夏春归故事多。

（三）

七十诞辰情感抒，有声岁月自峨峨。
音调旋律何曾断？久远依然驾玉珂。

（四）

千泓嘹亮振山河，灿烂阳光呼唤波。
比翼今朝迎国庆，校园激越唱红歌。

向人民警察致敬

（一）作真韵

人民警察为人民，社会治安时刻巡。
赤胆忠心是非辨，担当责任献青春。

（二）作灰韵

为公秉正净尘埃，疾恶如仇解祸灾。
一派祥和谁主宰？警徽熠熠坦途开。

（三）作阳韵

寻常做事不寻常，莹耀警徽暖四方。
吃苦无言风雨伴，唯求百姓乐安康。

（四）作尤韵

警徽熠熠耀神州，为国安宁热血流。
甘舍小家无怅憾，忠诚卫士壮怀酬。

（五）作先韵

使命光荣担在肩，人民利益大于天。
青春无悔留青史，一片丹心写锦篇。

写在护士节边上的诗

小引：今天是第 107 个国际护士节，我谨用一组卷帘诗，祝福护士姐妹们像天使一样幸福，并致以节日的问候和崇高的敬意！

（一）

燕帽白衣飘一身，温馨院室候昏晨。
似螺旋转柔情伴，微笑逢迎宁静春。

（二）

温馨院室候昏晨，日夜兼程服务臻。
春夏秋冬忙碌里，心灵洁净拂红尘。

（三）

似螺旋转柔情伴，爱与无私奉献频。
护理之工应赞颂，病人呵护似亲人。

（四）

微笑逢迎宁静春，平凡素志共施仁。
白衣天使绵锦美，职业崇高胜玉津。

雷锋精神永驻人间

精神永驻学雷锋，律动春秋溢韵浓。
直击心田轻度绿，长留偶像暗浇彤。
殷殷策语存敦厚，博博怀篇逸内容。
青史常铭真善美，前行后继步规踪。

吊凉山救火十九勇士

小引：2020 年 3 月 30 日 15 时 51 分，四川凉山州西昌市突发森林火灾，致 18 名扑火队员和 1 名向导牺牲，3 名扑火队员负伤。山火无情人有情，狼社的诗人们用诗词的形式悼念了这些牺牲的英雄，愿他们一路走好，愿国家不再有灾难。

（一）

凉山野爆起魔风，一段青春化彩虹。
唯愿幽魂归故里，杜鹃蜀地挽啼空。

（二）

苍苍五岳仰青松，更有悲声怅悼中。
十九高碑铭壮举，江山何以慰英雄。

风光好 · 贺北京冬奥会开幕

半城红，满城温。冰上腾飞美可论，盛观门。
中华彩梦花齐放，缤纷影。万道金辉焕美圈，印诗痕。

观北京冬奥开幕式有感

冰上雪间诗韵融，波光万顷五环同。
中华高擎和平炬，丝带飘飘奥运风。

贺厦门经济特区成立四十周年

　　小引：厦门经济特区成立于一九八〇年十月，至今已是不惑之年。在四十年的时间里，厦门开拓进取，砥砺前行，努力书写春天的故事，从祖国东南沿海一座渔岛发展成为今日现代化的文明城市。为了建设厦门，无数爱国人士、海外华侨华人纷至沓来投身特区建设。2017 年 9 月 3 日，在出席金砖国家工商论坛开幕式发表主旨演讲时，习近平总书记指出："今天的厦门已经发展成一座高素质的创新创业之城，新经济新产业快速发展，贸易投资并驾齐驱，海运、陆运、空运通达五洲。今天的厦门也是一座高颜值的生态花园之城，人与自然和谐共生。"习近平总书记的这一高度评价，为厦门履行新时代经济特区使命进一步指明了前进方向，寄予更高期许。值此厦门经济特区成立四十周年之际，卷帘诗一组以贺之。

（一）

长风破浪四十年，海峡弄潮翻胜篇。
创业创新堪逐梦，提升发展化三千。

（二）

海峡弄潮翻胜篇，华章演绎更陶然。
云舟破浪蛟龙舞，经济腾飞砥砺前。

（三）

创业创新堪逐梦，金砖会晤傲尘寰。
投资贸易和谐共，并驾齐驱更着鞭。

（四）

提升发展化三千，使命担当欣拨弦。
岁月非凡花似锦，春风鼓舞鹭门天。

礼赞中国企业家

（卷帘诗）

　　小引：一位破格提拔的市委书记如是说："企业家就是我们的'衣食父母'，没有企业的发展，就没有群众的就业，就没有政府的税收，我们就没有能力去搞建设、优民生、保稳定、抓发展。因此，为企业和企业家提供最优服务、创造最优环境，是党委、政府义不容辞的责任，也是全社会必须做好的事情。各级干部要大胆为企业站台。企业家只要不触碰生态环保、安全生产、行贿、其他违纪违法这四条红线、底线，任何部门都不能找他们的麻烦。"企业家引领企业和工人为中国带来了荣光和骄傲，创造了巨大财富。一代又一代中国企业家艰苦创业、苦干实干，奋斗不息、奉献不止。诗以赞：

（一）

夙志萦怀创业稠，沧桑岁月写春秋。
雄才大略擎旗手，共克时艰广运筹。

（二）

沧桑岁月写春秋，款款峥嵘占鳌头。
商海弄潮犹奋进，生强勃发显风流。

（三）

雄才大略擎旗手，德厚行端志不休。
家国蜚声赢众誉，放飞梦想傲诸侯。

（四）

共克时艰广运筹，市场经济导悠悠。
集团战略乾坤转，续述长征使命酬。

卷七

笔墨销魂重晚晴

Volume VII

乐儒感言：与书香同行的时光

　　小引：退休后，阅读书籍和习作诗文已然成为我的一种生活习惯。行云如水的文字和推平敲仄的乐趣总让人心态平和。静下心来阅读，对我来说是一项极为奢侈的活动。晚年，不求功名利禄，不爱繁杂喧嚣，我想换种方式来经营生活。走入书的世界，让年轻的故事写进书里，适宜沉静来品读……

　　哪怕我依旧朴素平凡，不过可喜的是岁月静好，流年不负。在夕照桑榆的人生旅程中，仍然与书香同行，让自己成为一位有温度有高度的文化人。

（一）

桃李成蹊艳，春风系泽心。

蚕丝甘吐尽，烛泪苦行吟。

三尺鞭挥采，千书语蕴沉。

解津承诲倦，授业博初音。

（二）

晚景萧疏至，消闲独寂然。

相酬三盏酒，助茗一诗篇。

人老忧新岁，书多喜旧笺。

平和心态就，不负过流年。

笔抹夕阳春

（一）

老来淡泊作闲人，题菊悠悠效咏身。
梦织千诗酬岁月，手持一卷挽昏晨。
金秋赴约群芳伴，晚景参禅百福臻。
俯仰乾坤情未了，殷殷笔抹夕阳春。

（二）

梅兰竹菊韵悠长，我爱家园四季芳。
露浥妆梳迎旭日，花摇影动送斜阳。
盈盈紫蔓红流苑，绕绕青藤绿筑墙。
潋滟婆娑如寄语，生涯更喜梦生香。

青山不老白头新

（辘轳五首）

（一）

青山不老白头新，平仄敲来再舞春。
因爱沈郎题妙句，岂忧潘鬓怨清贫。
横笺最念登坛者，策杖当思练剑人。
卅载耕耘桃李漫，一生跋涉一黎民。

（二）

莫谓桑榆运笔频，青山不老白头新。
林泉寄兴情犹热，诗酒娱怀意尚真。
击节未嫌筋骨累，弹琴却感曲弦亲。
迎来柳暗花明路，灿烂征途抖岁尘。

（三）

班门弄斧剪红尘，芳草天涯欣拾频。
墨海流长高浪逐，青山不老白头新。
文章已赋承前哲，道德犹将教后人。
刻意追寻三尺剑，精心习练五更身。

（四）

学仕艰辛过几旬，程门立雪忆前身。
书中砚水曾腾浪，笔底云烟亦绕巾。
教泽迎津晴日美，青山不老白头新。
无边学识桑花采，多少禅机短棹陈。

（五）

知音分享健精神，两岸舒眉尝海苹。
尚望诗花红竞韵，犹期学圃绿开春。
销魂笔纸随岁换，逸趣乡音应时轮。
世事纷繁朝夕竞，青山不老白头新。

南山健步

健步南山诗与行，学书学剑学新更。
语英数理曾登席，初附高中亦逐声。
玉炬犹抛燃旧烛，春丝再吐织新情。
文章继述堪回韵，笔墨销魂重晚晴。

老来再续梦

（小辘轳）

小引：活得轻松，老得漂亮。美丽，是一场长跑。它不属于某个年龄阶段，而是整个人生。厚道+真诚+知恩图报＝做人。

（一）

老来续梦任诗陶，情托新章慰寂寥。
到底留存无尽事，吟秋题菊伴魂消。

（二）

再述书香最是骄，老来续梦任诗陶。
只缘往事千千忆，絮语犹然话暮朝。

（三）

师心在抱更逍遥，兴惹吟坛自感豪。
俯仰且纾尘世念，老来续梦任诗陶。

好梦依稀记几何

（叠韵）

（一）

逢迎聚散少还多，应学诗从此处磨。
岁月书中陶韵味，江河笔下蘸春波。
梦萦律府几番事，心系人生多少歌。
敲仄推平高远赋，文章莫问价如何？

（二）

立本常言入妙多，心胸荡荡未消磨。
书山绿意翻灵卷，学海清流逐逝波。
千里情怀千里志，一支红叶一支歌。
东风别绪青春过，好梦依稀记几何？

半染枫红最是娇

（辘轳体）

（一）

半染枫红最是娇，清辉气爽自逍遥。
是悲是喜心情在，露沐何嫌霜叶凋。

（二）

东篱菊韵百香飘，半染枫红最是娇。
消暑生凉宜入梦，黄花唤醒仄平敲。

（三）

萦云绕景连天碧，阵阵秋声伴牧笛。
半染枫红最是娇，向晚谁言心绪寂。

（四）

万物缤纷一笔描，见于落叶卷诗潮。
玉珠滚滚书田润，半染枫红最是娇。

陶章叠叠叙经纶

（句接龙）

（一）

陶章叠叠叙经纶，揽得芬芳岁月真。
粗茶淡饭流年送，陋室寒窗韵味臻。
握卷依依持晚节，登坛欲欲健精神。
剩剑练来朝夕竞，诗途老骥奋蹄频。

（二）

诗途老骥奋蹄频，儒雅风流耐我巡。
槛外咏哦邀朗月，窗前读写藉清晨。
家山载韵常随梦，客地飘诗最悦人。
好句飞来堪拾翠，书田别有几番春。

（三）

书田别有几番春，两集诗文学问循。
丽句抛来当细数，清词跃出可传薪。
隆情逸韵千怀寄，直笔淘怀万里询。
南北虽然吟路远，江湖放棹醉如醇。

（四）

江湖放棹醉如醇，文字论交倍感珍。
叠叠词捐书恋旧，殷殷笔抹句翻新。
琴操融洽须倾力，剑练调和未倦身。
多少相思成背影，千般换取写红尘。

答文友和韵

旧隐儒林夕照红，人间惠我是文风。
怀瑜爱写桑榆事，育树甘当斗笠翁。
两宋梅间清气满，三唐案角锦囊通。
凡间自古多磨炼，能否返修书剑功？

参加福建省作家协会喜吟

小引：新的一天，新的希望，新的起点，新的想象，新的飞扬，新的愿望……

启轮作协引春红，问句随师唱大风。
喜赋兰章酬胜日，嗟留古韵慰蓑翁。
书山觅路诗行妙，学海扬舟鹤点通。
愧我无才人亦老，羞挥秃笔练文功。

泉州师院戴冠青教授荣膺
全国"书香之家"称号有寄

之家冠美透书香，德艺双馨寸月扬。
论道谈经多婉约，栽桃育李各芬芳。
三唐案角横笺撰，两宋梅间纵剑藏。
师院添玑堪织锦，星辉文曲焕其光。

祝贺锦恋参加中国作协

百尺竿头星摘还，文崇有梦蕴书山。
功名换作初心守，椽笔人生不等闲。

答朱荣梅赠诗

荣归梅韵郁菲菲，淡雅清芬诗显徽。
曲曲轻歌抛玉美，声声絮语抑琴稀。
易安彩落钢城现，谢女灵随汶水飞。
师道行吟情缱绻，朱程理学岂言非。

附：朱荣梅《敬赠福建诗友骆愉先生》原玉

> 诗心缭乱是芳菲，绿到天边上翠徽。
> 听雨听风听不尽，看山看水看依稀。
> 时光难绾青春去，紫燕从来傍树飞。
> 但做文章四海客，人间管它是和非。

诗寄冰雪晶莹首版

> 能倾素简付蹉跎，常是风诗入枕波。
> 网络交流心绪慰，文章结读目光梭。
> 隔山隔水人难见，舒韵抒怀意尚歌。
> 遥祝一声深问候，未知迎雪近如何？

祝贺东方研修院
成为野草诗社第一研修院
（卷帘诗）

（一）

> 野草诗潮涌主流，东方致雅正方遒。
> 兰台文萃旌旗展，第一研修漫壮猷。

（二）

> 东方致雅正方遒，北国飘歌冲斗牛。
> 一派生机红胜火，今声古韵载春秋。

（三）

兰台文萃旌旗展，点亮人才竞自由。
祝贺声添凭吉语，吟程横纵共盟鸥。

（四）

第一研修漫壮猷，风光导路引千筹。
情怀志在群雄逐，北调南腔共唱酬。

菲律宾南瀛吟社十六年赋

南洋水远越春秋，瀛韵滔滔接唱悠。
吟翰重操千律响，社囊再鼓万声酬。
十全十美总连序，六届六新辄泛畴。
年复年来欣聚会，赋诗俯仰任交流。

在菲律宾马尼拉会面南瀛诗社
社长吴亦励

（红笺小字）

小引：菲律宾有许多爱国诗人，他们也活跃在中华论坛，我常以步韵交流，现摘录一首：

依韵诗寄菲律宾女诗人红笺小字（吴亦励）

喜闻才女帖登临，万里乡音缱绻心。

丽句霞飞当细揽，清词倩出可追寻。

天涯起凤高低赋，故里腾蛟远近吟。

秀抹骚坛凭一卷，诗流网上客情深。

附：菲律宾女诗人红笺小字原玉

落叶归根故梓临，荣华消退忘机心。

如烟往事风中逝，似水柔情梦里寻。

唐韵犹传青玉案，乡音未改翠楼吟。

古城雅客诗文会，翰墨流香趣意深。

步菲律宾诗人陈挺《心同寸草》韵

时光一逝恋儒林，岁月无情霜已侵。

难忘黉门挥教席，常思律府挽诗心。

年华逐水随风去，往事如烟入梦吟。

情系家山犹缱绻，心同寸草抱师襟。

附：《心同寸草》原玉

耕耘旧迹喜成林，乐道无愁白发侵。

论事高峰长放眼，感恩寸草每关心。

堪歌万里书生志，尚有天涯游子吟。

千岛明朝惊纸贵，文章锦绣好风襟。

诗寄香港《东方之珠文化刊》

港岛泉州鸥鹭盟，往来得道笑相迎。

东坡践约同持卷，李白相邀共畅声。

但觉微吟随酒美，犹知醉意入诗清。

年华多少红尘梦，都付相思万里情。

次香港诗人林峰

[《偶书（五）》韵]

健步南山诗与行，学书学剑学新更。

语英数理曾登席，初附高中亦逐声。

玉炬犹抛燃旧烛，春丝再吐织新情。

文章继述堪回韵，笔墨销魂重晚晴。

附：香港诗人林峰原玉

碧涛花岸少人行，秋尽鸥闲岁未更。

风起岭南春有迹，斗斜塞北夜无声。

山河暮雨书生泪，江海寒烟客梦情。

我欲梅窗呼日出，绿杨堤畔燕飞晴。

赠香港诗词文艺协会执行会长美慧女史

香江艺苑履恢宏，解意扶轮气自雄。
情寄毫端千韵颂，律成纸上百情融。
明珠二度添光彩，骚客一堂唱大风。
协会倾诗追李杜，紫荆女史展吟功。

祝香港诗友珊瑚婚快乐

彩云弄影靓新妆，弦柱琴轮璧合鸯。
把酒追欢时共乐，倾怀得句日同长。
闽都港岛诗中美，洞府兰闺榻里香。
连理芳枝攀所爱，珊瑚鸳梦艳屏张。

卷八

万紫花朝一半春

Volume VIII

联题十大名花

一、兰花

君子掬幽同婉转
蕙心扶醉向天真

二、梅花

玉影相携花里魄
泳姿永印雪中魁

三、牡丹

一枝富贵千家送
万斛芬芳十里旋

四、菊花

红黄白紫垒丰富
隐逸清高矜吉祥

五、桂花

诗味何沾流岁圃
画栏独占冠中秋

六、月季

月月开花如约会
盆盆顾美尽陶情

七、杜鹃

热烈浓妆红胜火
空灵淡著绿如烟

八、荷花

离染涟涟争气节
濯清耀耀展风流

九、茶花

娇客逍遥芳信报
瓣花碧落素魂融

十、水仙

黄冠恋影迷人靓
翠袖挥情慕意长

咏花朝节

小引：花朝节，也叫花神节，俗称百花生日，流行于东北、华北、华东、中南等地，一般于农历二月初二、二月十二或二月十五举行。节日期间，人们结伴到郊外游览赏花，称为"踏青"，姑娘们剪五色彩纸粘在花枝上，称为"赏红"。诗以咏：

（一）

万紫迎生日，花朝一半春。
缤纷披锦绣，点缀绽芳神。
剪彩东风袅，蒸霞碧苑氲。
诗飞飘可爱，燕舞倩红尘。

（二）

二月寻花柳，莺飞风暖春。
飘香藏羽翼，傲骨显精神。
绿染眸中秀，红开树下氲。
今朝谁伴我，一起涤香尘？

赏花有咏

（一）

诗声拂过百花丛，想念清纯暖意融。
春夏秋冬谁作伴？一年四季诉情衷。

（二）

青条默默捧东风，含笑多姿韵味浓。

绽蕊娇羞诗意满，花间一梦不分丛。

二十四节气组诗

（跟着二十四节气过日子）

立春、雨水、惊蛰、春分、清明、谷雨、立夏、小满、芒种、夏至、小暑、大暑、立秋、处暑、白露、秋分、寒露、霜降、立冬、小雪、大雪、冬至、小寒、大寒。

（一）立春

云破天开驱雾霜，东君已报叩琳琅。

松青岭上重登节，树绿园中复牧羊。

和气氤氲齐韵发，逝川荫动共歌行。

犹弹剑铗转萧瑟，春入诗心到梦乡。

（二）雨水

暖回野圃色探枝，好雨随风潜入时。

茶绿千波舒笑靥，桃红几绽涌情辞。

蓝天尽展云伸意，白鹭双飞影剪诗。

岁月留题今又咏，凝魂荐韵醉春池。

（三）惊蛰

初雷滚地蛰虫惊，绵雨穿帘闻恰莺。
蛙鼓三通时令转，陌花九逦复苏萌。
依依远望新犁影，隐隐闲听布谷声。
一段乡愁舒笔下，涓涓春水共庚鸣。

（四）春分

蕊绽新枝花弄云，江南一揽是春分。
双飞绮燕相吟剪，婉转黄鹂断续闻。
雨霁风光迷四野，天蓝景物际千氲。
田园欲博丰收想，绿女红男早播勤。

（五）清明

清明交气扫尘寰，直道通天祀可还。
且挽青峰峦里雾，犹思故垒镜中颜。
心香有味千诗寄，底事无羁百语殷。
相望风埃嗟两隔，物华拾起仰云山。

（六）谷雨

谷雨迎时已暮春，清明过后斗来辰。
桃花淋落和风畅，翠竹枝开彩蝶巡。
放眼群山留霭霭，入声春水泛津津。
神州沃野生机勃，布谷鸟鸣天地新。

（七）立夏

忽寒忽热夏将临，夹路桑麻草木深。
卷卷红尘初聚气，纷纷绿影已成阴。
凤仙茉莉采千箧，晴日暖风携一襟。
谢却樱花飞尽絮，潺潺流水洽乡音。

（八）小满

静听户外雨沙沙，蛙鼓点中闻迤遢。
雾翳和风摇柳岸，珠垂带水打荷花。
天边雾锁绵千里，海里涛翻汇一涯。
小满来时知未满，更加舒卷话桑麻。

（九）芒种

燕恋莺迷芒种歌，梅霖倾泻韵翻河。
驰思带卷花催韵，遣兴销魂锦佩梭。
草木迎风扬绿意，江湖逸浪荡红波。
蛙鸣田垄晨昏竞，酷夏来临惦念多。

（十）夏至

夏至阳晖一线长，炎风酷浪热难当。
天低紫陌新蝉燥，风起金波半夏香。
山野千重争俏丽，江流九曲蕴芬芳。
烟霞缕缕思潮涌，梅雨多情古韵扬。

（十一）小暑

节序翻开盛夏篇，炎风晴热地如燃。
娇容荷绽颜纯沁，高树蝉鸣声远传。
路上嘈嘈停马策，山中落落歇牛鞭。
云收暮色微凉逸，夕掩篱扉到陌阡。

（十二）大暑

下煮上蒸入伏成，尘埃散尽彩云轻。
屋边倦犬垂垂叹，池里眠鱼闷闷惊。
赤日昭昭何燕舞，柔枝簌簌却蝉鸣。
无云万里红尘滚，七月难熬自作情。

（十三）立秋

蝉鸣雀噪掠晴空，溽暑烦蒸末伏中。
热浪波波行路烫，玄霄燥燥望云蒙。
情如海阔翻千浪，心比天高越几重？
初至露华何处觅，新诗若采待秋风。

（十四）处暑

泣岁高烧残暑融，闲愁热浪滚天中。
新蔬此地迎晴日，老稼何时接雨风？
稻穗低头心不静，山田解口藻归空。
神思极值虽然至，抱愧裁诗一样同。

（十五）白露

群花落寂菊多情，露染芳心媚色生。
濛漾檐边风动影，凉凄野外叶飞声。
中秋节到天将冷，国庆时逢月却明。
我爱登高寻解意，等来蛩语伴诗鸣。

（十六）秋分

对半阴阳日夜匀，衡量胜负不由人。
惊鸿过眼愁思却，白露沾衣絮语臻。
若幻家山风致雅，如歌岁月素交新。
萧萧落木枫红老，一片秋声入韵频。

（十七）寒露

冷气潇潇遍野侵，寒流阵阵洗尘心。
枫红岭顶添凄美，菊艳篱栏寄爱深。
尽望飞鸿斜叠影，方闻落月远回音。
金风玉露五弦弄，谁可徜徉自放吟？

（十八）霜降

风紧叶飞随水凉，草残菊瘦露为霜。
雁声阵阵离天远，桂韵波波落地香。
帘外云迷萧入萼，吟中气肃锦成章。
相思一把归心赋，把酒深秋诗意狂。

（十九）立冬

萧飒荒凉凛夕惊，凌霄曲转故山情。

今无韵事可争秀，旧有诗词曾斗明。

槛外尘烟愁日尽，壶中世味寂时生。

陶然告老何追梦，雪月风花莫问名。

（二十）小雪

寒微节气卷霜来，万顷梨花一瞬开。

沙飞漫道白横野，雾锁群山银筑台。

意勒冰珠翻瑞景，心融冷气拓新怀。

咫尺凛冬凝残墨，余诗留与翌年裁。

（二十一）大雪

玉絮纷飞一片苍，银遮大地换冬装。

翩翩玉蝶喧声早，瑟瑟西风舞步狂。

陌上丹枫红息火，篱前菊畔色沾霜。

千寻草木轻吟梦，残叶疏疏伴素光。

（二十二）冬至

云卷云舒逐韵成，田畴霜走伴风声。

烟笼陌上斜枝渺，沙落墟中白絮轻。

竹影潇潇排仄径，花黄灿灿映天晴。

邀来半屋诗联友，品酒论诗月照明。

（二十三）小寒

霾雾迷蒙霜冷前，层云蔽日肃街边。

登登大地风翻韵，历历群山雪染篇。

旷野林凋花欲朗，长空气复月将圆。

成群麻雀门檐落，时节携春愿盼然。

（二十四）大寒

闽南冬日冽山川，刺骨霜寒迷望天。

陌上何曾垂白絮，风中尚是逐清篇。

云流已逝春泥迹，水路深笼柳岸烟。

诗野茫茫匆过客，江湖依旧韵行船。

水　仙

迷云巧塑水光茫，白玉堆台风雅觞。

魄出轻盈排典籍，情旋皓素拂荫阳。

凌波微步如携韵，蝉翼柔飞似跃梁。

自爱终身端正漾，一清二楚倩谁央？

踏　青

（卷帘体）

（一）

怀陶意妙览春情，对饮山河斗艳程。

美景沁魂来字句，恋香蝴蝶引诗声。

（二）

对饮山河斗艳程，花枝陌上笑相迎。
风催绿草连环荡，却是竹林旋影清。

（三）

美景沁魂来字句，心潮目睹最分明。
相携漫步游花海，旖旎风光四照晴。

（四）

恋香蝴蝶引诗声，鸟语融弦曲已成。
剑指云崖无限感，邀谁与我踏青行？

油菜花

含黛花开二月黄，瑶姿漫舞弄春光。
群蜂日下相追色，彩蝶风前兢扑香。
近览如稠金毯美，远观若霭画轩长。
柔情伴我徘徊赋，沉醉其中诗笔扬。

梨 花
（七绝三首）

（一）

花开五叶吐金丝，姣白熏风炫素枝。
一线朝霞连胜处，真情叠韵化成诗。

（二）

百卉之骄挺剑开，玲珑剔透绿波回。

翩跹美舞芳华煜，鸿运于归昭示来。

（三）

一柱擎天黄质奇，玲珑剔透凤来仪。

层层绿叶露兜子，拔剑挥青刺破枝。

武大樱花有约

小引：武汉大学是有着百年历史的名校，武大不仅有浓厚的学术氛围，而且美丽的武大校园更是名声在外，被誉为全国最美的大学校园。而武大樱花就是其中最为美丽的一景！每年三月中旬，武汉大学樱花进入盛花期。樱花烂漫几多时？柳绿桃红两未知。樱花里有爱情、有亲情，也有人生。晚樱开放，酷似花的海洋，每年成千上万游客慕名而至，流连观赏，如醉如痴，大有"三月赏樱，唯有武大"的意趣。

疫情结束后相约去武大赏樱花吧！在樱花雨中，陪你朝升日落，所有美好的事物都想和你分享。柔和的色调，春天的景物，配合开心的笑容，有你的陪伴。最大的幸福，莫过于此吧。卷帘诗一组以吟：

（一）

一坡绿树衬楼栽，武大樱花可掬怀。
灵气滋生千古韵，校园层出百书台。

（二）

武大樱花可掬怀，含羞红靥向阳开。
悠悠绰影迎春绽，彩溢翻栏带爱来。

（三）

灵气滋生千古韵，人天此日诉诗哀。
荣枯无奈谁凭吊，疫后江城觅梦徊。

（四）

校园层出叠书台，素色无边黄鹤催。
三月邀君荆楚去，落英得识任追陪。

赏樱花

余霞翻雪映云庭，化作翩跹落玉瓶。
如火如荼情正烈，犹颦犹笑意犹铭。
风撩娆起芸枝笔，雨点娇旋粉蕊屏。
留得芬芳相照应，书香一缕半壶馨。

端午寄吟

（倒叠韵）

（一）

扇画扶来景仰之，盈怀喜悦寄云知。

盘分楚粽添韵味，户挂蒲条悬碧枝。

艾穗千形形印影，心香一瓣瓣牵丝。

乡间习俗谁能忘？一笔重吟端午诗。

（二）

汨罗浪叠卷尘诗，凭吊融情笔织丝。

欲动寒风摧草色，频经细雨湿花枝。

九歌听尽愁堪解，天问寻来鉴足知。

自古离骚多逐放，龙舟竞渡更追之。

千日红之花

炎日对争红，妖娆迎夏风。

固怀甘寂寞，致意守情衷。

众树不求贵，百花犹显荣。

丰姿嫣姹笑，一片付稠秾。

咏格桑花

争奇斗艳俏奇葩，灿烂篮摇点点霞。
缕缕芬芳从净土，飘飘倩影竞风华。
魂开旷野阳光照，梦绽高原月色赊。
簇簇凡枝迎好运，格桑本是吉祥花。

炮仗花开正红

炮仗枝生串串花，柔藤叠翠挂篱笆。
轻盈飘逸吐芳早，优雅玲珑承露赊。
恰似龙须添底蕴，犹如瀑布降云霞。
迎风燃放情难了，红绕庭前悦岁涯。

题菊叠韵献重阳

（一）

玉瓣银针绣艳开，篱边岸畔正芬裁。
婷婷绰约情丝织，灼灼流金照画来。

（二）

题菊知秋似帖开，黄花一片献诗裁。
寻幽尽拾陶公句，满载青莲入锦来。

（三）

鬓染霜花向晚开，淡然笑对挽风裁。

心归物外天涯寄，吉语由衷问福来。

初冬残荷

（卷帘诗）

（一）

雨打焦蓬枝染霜，摇风弄月罩冬阳。

相思入调娇娥若，淡雅缠绵翠佩香。

（二）

几度临寒颤颤霜，残容啜露照残阳。

盈盈笑对寻余梦，洗尽铅华瘥馥香。

百合开花

花姿雅致妙姝身，绰约丽翻纯溥真。

百合玲珑如意里，多情玉立照芳春。

我爱海棠花

红艳一丛藏雅图，清宵伴我读诗书。

花中富贵芳然绽，韵味风流意正舒。

君子兰

艳艳如娇百媚惊，慧中秀外自鲜明。
千香含黛谦君子，几尺青馨一本情。

玉龙观音

独特外形赏玉龙，观音叶液有神功。
莲花掌里巨无霸，重叠欢颜显翠容。

紫荆花颂

龙筋笔挺妙生花，异彩东来四照霞。
富贵高扬情可见，轩昂玉立义堪夸。
迎春向日旋天韵，破浪翻云揽海涯。
五角凡开三绽放，香江伟任舞风华。

依韵香港美慧会长《吊钟花》

翠魄芳魂绕愫烟，红尘初落小花前。
明眸可解凡间事，玉盏犹翻季节篇。
有意罗袁随秀色，无心吊引化新笺。
金钟倒挂娇柔态，是否归心亦向天。

附：《吊钟花》原玉

一树轻摇一树烟，花光照眼炫人前。

含苞欲放玲珑玉，弄影犹成淡雅篇。

乍看新妆吟绝色，初裁浅碧化清笺。

吊钟敲响新春好，引得诗情上九天。

编写四百首花诗有题

（卷帘诗）

　　小引：人在花中走，恰似画中游。此花此景，心底渴望永远。无论豆蔻之初或者风华韶期还是垂暮之年，都会看到穿梭在花枝间的光阴，就那样明明灭灭地闪烁在花蕊里，花瓣里。在一棵树下欣赏一朵花的翩然，聆听一朵花的清音。人生也因为欣赏和聆听而美丽。弹指红颜老，悄然间、岁月刻画，落得满头苍发。岁月如花，淡泊自然。淡泊的人生，如一朵朵花，静静地生长、默默地开放。百花争艳，只为不辜负了宝贵的生命。在时光里享受温暖，在流年里祈望春暖花开……

（一）

百幅花图百幅姿，几分品赏几分诗。

乡音注满情千迭，片纸纷飞笔一支。

（二）

几分品赏几分诗，放棹江湖寸月驰。

李白邀来同览胜，东坡约到共探奇。

（三）

乡音注满情千迭，菊竹梅兰落砚池。
斗韵分香花际里，岂无絮语话相思？

（四）

片纸纷飞笔一支，踏青拾翠恋依依。
彩霞墨染畅襟谷，更待春华烂漫时。

拟评选惠安县树县花

（一）秋枫

江枫照映影湛湛，一树烟霞最赏心。
胜日题诗花似海，清秋拾韵叶如金。

（二）含笑

矜持妩媚笑相迎，朴实无华楚态盈。
玉蕊含羞真爱蕴，芳心涨满是春情。

（三）樟树

昂首萧萧向碧空，精神彦辅势恢宏。
英姿天下初心在，廝守家山沐雨风。

（四）九里香

铁干虬枝几历霜，茵飘四季九秋香。
如痴如醉任风拂，白绿相间一韵扬。

（五）余甘

羽叶袅衣分化臻，忌寒耐旱喜沾春。

酸甜硕果管回味，省识桑麻席上珍。

（六）茶花

玉蕊生成经雨风，扶苏万物傲苍穹。

粉黄紫白颜沾色，似桂如兰芳信同。

永春佛手茶礼赞

茶携佛手永和春，特约芦全诗品臻。

玉盏盛来闻魄醉，青芽煮沸沁心津。

缠绵染绿江天美，婉转流丹日月新。

胜揽桃源询陆羽，乌龙礼赞韵凝神。

走进漳州古城第六届菊花品种展

小引：第六届漳州菊花品种展，庚子年 11 月 14 日在市区中山公园拉开帷幕。据悉，本届菊花品种展以"绽妍"为主题，旨在弘扬和繁荣菊花文化、提升菊花栽培技艺，丰富市民生活。中山公园东大门广场，以扇面造型为主景的菊艺景观尤为壮观，配以三角梅、龙血树等绿植以及陶罐、枯木等景观小品点缀其中，引得市民争先驻足合影。卷帘诗以咏：

（一）

金秋十月菊花暄，五彩纷呈靓照天。
游客如潮观惬意，漳州古郡展区妍。

（二）

五彩纷呈靓照天，黄云漫撒九州鲜。
造型扇面盆盆接，万态千姿奉自然。

（三）

游客如潮观惬意，东篱正笑弄声颠。
秋怀唤起销魂最，赏到黄昏至月前。

（四）

漳州古郡展区妍，滴翠流金绕绮烟。
花似人心娇且美，忘归踏韵拾诗篇。

联题十大名花

（咏全国 56 市市花）

小引：市花是城市形象的重要标志，也是现代城市的一张名片。市花不仅能代表一个城市独具特色的人文景观、文化底蕴、精神风貌，体现人与自然的和谐统一，而且对带动城市相关绿色产业的发展，具有重要意义。市花为某市市民普遍喜爱、种植，并经评选而确定为该市象征的花。最美风情集（best-feelings）汇集中国市花美照和美诗的视觉盛宴，精彩感动在瞬间。让我带着诗与大家一起品尝 56 种市花的美丽。

（一）北京市：菊花，月季花

菊花

一片黄花透艳妆，知秋笑对挽华章。

寻幽尽拾陶公句，满载青莲入锦囊。

月季花

暖风吹过满篱笆，月发开时美影赊。

妆靓京城添烂漫，谁将神韵带回家？

（二）天津市：月季花

花之皇后总沾红，摇曳新枝多色葱。

笑逐颜开纯洁爱，津门艳丽领春风。

（三）上海市：白玉兰花

敖立凌空自绽然，幽幽芬馥漾心田。

洁容似雪相融艳，十里春风沪上旋。

（四）广州市：木棉花

丽靓繁英异木棉，羊城南国美歌弦。

龙飞凤舞红尘醉，花语缤纷落一田。

（五）重庆市：山茶花

蕊绽渝城经雨风，红黄白紫各妍容。

桃前菊后山间客，芳信传来自捻红。

（六）哈尔滨市：丁香花

拈韵轻盈拥俏妍，花香鸟语近身边。
姿容锦族冰城结，玉树临风绮梦圆。

（七）香港特别行政区：紫荆花

凡开五角舞风华，畅意乾坤幸运嘉。
红满香江呈富贵，紫荆玉立揽天涯。

（八）西安市：石榴花

一树飞红照暑天，随风摇曳引君前。
长安独秀榴花美，倍恋盈盈果醉仙。

（九）台北市：杜鹃花

十色浓妆东到西，祥烟树起破吟题。
三春三月诗风满，北市花开红一蹊。

（十）乌鲁木齐市：玫瑰花

柔枝翠袖色翻澜，迪化之间倩影观。
多少花期多少爱，携怀一片寸心端。

（十一）济南市：荷花

荡漾春心济韵摇，风姿飒爽水中娇。
泉城润雨诗流美，自是人间第一高。

（十二）长春市：君子兰花

金冠秀挺傲然之，儒雅长春柔玉姿。
蕙性兰心君子婉，三分含蓄十分诗。

（十三）武汉市：梅花

冰心瑞气两相通，梅艳江城傲碧空。
喜约东君传绿信，终年梦绕到诗中。

（十四）包头市：小丽花

叶染青云小丽新，九原更惹拂红尘。
牡丹容貌当相称，气节自怀堪可珍。

（十五）成都市：木芙蓉花

转动芙姿卷一帷，堂风燕拂转蔷薇。
娇蓉花下鸳鸯戏，豆蔻枝头蛱蝶飞。

（十六）贵阳市：兰花

芳留大地位林尊，筑洁生来一脉存。
蕙质不须称国色，兰心长幸伴诗魂。

（十七）福州市：茉莉花

玉骨冰肤复白妆，柔情合傍越棠光。
轻盈雪魄修花史，或占榕城第一香。

（十八）桂林市：桂花

轻黄桂蕊画中飞，玉树悬秋风露霏。
满目繁英飘碎锦，碧纱帐里拾花归。

（十九）南宁市：扶桑花

邕边点缀槿花红，恰似轻簪拂绿风。
滴翠桑柯生百媚，春情荡漾带香浓。

（二十）扬州市：琼花

琼花绽美在维扬，更聚八仙闻蕊香。
雪韵环浮犹弄玉，盛开不负广陵妆。

（二十一）洛阳市：牡丹花

国色双姝洛邑开，雍容华贵倩圆恢。
千红万紫尽春占，鹿韭娇羞迎客来。

（二十二）岳阳市：栀子花

栀子温柔茜草科，清新朴素曲风磨。
白花瓣落岳州畔，一阵芬芳一阵歌。

（二十三）张家口市：大丽花

丽质花开国色扬，雍容亘漫傲群芳。
张垣玉琢春晖伴，蕊露枝伸翰墨香。

（二十四）漳州市：水仙花

玉魄冰魂别有神，金瓯朔雪下凡尘。
凌波仙子浸花笔，一任春华凝蕊新。

（二十五）泉州市：刺桐花

刺桐飞紫映城垣，花径燃红美可论。
丽态媚抛迷旅客，芳姿靓出海丝魂。

（二十六）青岛市：耐冬花

绿树红花相映开，耐冬带运与时来。
瓣红欲滴添精彩，青岛徽章理想恢。

（二十七）济南市：荷花

含羞红靥水芝娑，淡雅缠绵佩翠罗。
并蒂莲花姿绰约，相思一片子凌波。

（二十八）厦门市：三角梅

刚柔并济自扶持，鹭岛花繁景不羁。
一片明霞云共舞，顽强执着更离奇。

（二十九）安阳市：紫薇花

痒痒树绽满风情，邺郡呈娇黄蕊生。
独秀初衷姿绰约，沉迷够爱诣其名。

（三十）鹤壁市：迎春花

十分淡雅带微寒，翠萼金英寓几般？
鹤壁千丝含蕊笑，春天使者报坤乾。

（三十一）台东市：蝴蝶兰花

双语燕翩携绿纱，动人楚楚月之华。
幽帘自在东风驾，蝴蝶翻飞大小家。

（三十二）南昌市：金边瑞香花

豫章玉叶兆祯祥，韵致洪都带瑞香。
一派欣欣天下誉，花环雅气越群芳。

（三十三）桃园市：桃花

三月枝头淑气恢，烟霞带笑伴春来。
成蹊自下芳菲漫，毓秀人间总占魁。

（三十四）镇江市：蜡梅花

南徐陶醉百诗飘，京口梅花卷艳潮。
萧瑟清凉生雅韵，腊园绽蕊自逍遥。

（三十五）高雄市：朱槿花

西港含珠倚丽姿，紫花重瓣总相宜。
缤纷木槿笑高市，不斗芬芳却斗诗。

（三十六）伊春市：兴安杜鹃花

林都花里杜鹃啼，晓梦伊春蝴蝶跻。
繁艳一园丛扑扑，半含红萼半痴迷。

（三十七）乐山市：海棠花

乐山乐水乐暄和，格异人怜重赋多。
欲问海棠花几信，新枝紫玉绾香波。

（三十八）格尔木市：红柳花

西州流火几番红，戈壁苍茫付素衷。
炽烈增添唯向往，燃烧岁月鼓东风。

（三十九）九江市：云锦杜鹃花

波澜云锦杜鹃花，仙子争妍舞彩霞。
放眼叠嶂无限景，柴桑美美菡风华。

（四十）东川市：白兰花

报岁兰苞苍玉新，韶华绽放照青春。
穹枝俊逸东川挂，高洁风姿素雅真。

（四十一）东莞市：凤仙花

仙子花名夺染工，香都择处百般红。
襟怀凤韵芳依旧，草木化身金凤中。

（四十二）株洲市：红继木花

四季姝姿胜玉津，纯情如火更吟身。

象征财发红之木，二度花开又一春。

（四十三）阜新市：黄刺玫花

娇姿丽质自传香，带刺行吟意欲狂。

蝶舞蜂飞相艳遇，犹书彩韵满行囊。

（四十四）深圳市：勒杜鹃花

深圳之花簕杜鹃，缤纷簇簇似云烟。

绽开尽是红三角，锦叠芬奇四照妍。

（四十五）肇庆市：莲花

粉莲胧月靓其名，春事端州春送情。

五角星如珠耀眼，花盘重叠傲然成。

（四十六）温州市：茶花

娉婷丽影逸然恢，满树雍容次第开。

十色融融瓯越地，五光艳艳踏春来。

（四十七）沈阳市：油松花

四季常春苍劲道，油松花穗气囊悠。

菱形菱状自多角，傲雪雄姿承德酬。

（四十八）昆明市：云南茶花

芳信传来却捻红，如兰似桂韵相融。

粉黄紫白颜沾色，任是逍遥不媚功。

（四十九）兰州市：玫瑰花

或浓或淡惹情芬，所顾相思幻彩云。

馥郁针针心上驻，迷谁拜倒石榴裙？

（五十）南京市：梅花

笛声三弄领春华，点点纷飞那片霞。

松竹相随存逸韵，岂无绮梦惹方家？

（五十一）大同市：波斯菊花

摇曳格桑凰凤归，平城树下烁星晖。

缤纷点点波斯菊，五彩云霞带韵飞。

（五十二）盘锦市：鹤望兰花

仙姿鹤影展芳华，头戴金冠饰最奢。

翘首苍穹盘锦望，乐观追梦入诗涯。

（五十三）湖州市：百合花

典雅大方姿态娇，清香并萼自风骚。

永恒淡泊棱棱峭，守望雪溪从暮朝。

（五十四）本溪市：天女木兰花

颜如琬琰远尘埃，静若秋兰步日栽。
秀丽株形花淡雅，宛如仙女下凡来。

（五十五）汕头市：金凤花

嫣红一片美开花，鮀浦斑斓四照霞。
胜似鸳鸯相比翼，联翩彩凤秀英赊。

（五十六）荆州市：广玉兰花

玉点冰清雅韵携，烟屏仙笔架春梯。
香波冉冉江陵拂，一树兰花雪一蹊。

召唤辉煌桃李诗

卷九

Volume IX

教师节：老园丁述怀

（卷帘体）

（一）

挥鞭志业一生陪，忆及前程梦几回。
退下杏坛缘未尽，师心仍抱总牵怀。

（二）

师心仍抱总牵怀，往事纷纷凝影来。
俯仰舌耕三尺里，粉涂笔抹布衣灰。

父亲节感怀

（倒叠韵）

小引：教师，是个平凡的职业，一辈子也不会显达扬名。教书育人，就像喝一杯苦丁茶，开始时会有些苦，但是很快便会回味出丝丝甜味。责任与爱心是教师的灵魂。我是教师，在父亲节之际，以诗抒怀：

（一）

我生自是布衣人，读懂真须胜玉津。
谈笑堪为言素志，行吟更在步红尘。
三千弟子师尊慰，两集诗文学问循。
薪火相传希望里，但求笔抹夕阳春。

（二）

兰香桂馥满园春，桃李荫成蹊径循。

多少相思成背影，千般换取叹风尘。

恩情似海情斟满，岁序如歌序叙津。

终极终生终志守，春晖寸草许诗人。

教师节感赋

桃李成蹊艳，春风播正音。

蚕丝甘吐尽，烛泪苦行吟。

三尺鞭挥稳，千书语蕴沉。

解津承诲倦，授业博初心。

入列八秩惠存

（倒叠韵）

（一）

春秋叠序不知年，未愧师心未愧天。

外语挥鞭教席执，中文集册著书编。

杖朝步履循依德，击节添玑继述贤。

唯藉诗章藏玉宇，此生检点总怡然。

（二）

耄耋行吟几度然，风骚更解践师贤。
双犁雅接翻新意，一笔长吟续旧编。
戚戚常怀操翰事，琅琅每有读书天。
惠存书剑惠存誉，更颂期颐年复年。

退休二十载自诵

（一）

桃蹊李径已成荫，自诵陶怀仍正音。
缕缕蚕丝甘吐尽，垂垂烛泪苦行吟。
舌耕三尺鞭挥健，笔抹千书语蕴沉。
一任解津承诲倦，杏坛退下绻师心。

（二）

乐道安然自韬酬，儒经娱晚卧薪留。
高风每得风诗伴，亮节长依节操求。
世事何谈凭冷暖，乡音继述写春秋。
杖乡杖国迎彤日，虽是闲居却不休。

（三）

书坛墨海寸心挥，岁月无声欲故归。
世业逢迎闻日短，人间俯仰悟其微。
养生缓老活多动，益智防痴思善维。
心态平和关键至，韶光偷换绽余晖。

回母校登长安山喜吟

（卷帘体）

小引：余 1967 年毕业于福建师范大学英语系。学校在长安山下。毕业 53 年后回母校又登高拾诗，口占七绝卷帘诗。

（一）

别却榕城事已休，师门四载梦悠悠。

长安山上空余念，点点残红照晚舟。

（二）

师门四载梦悠悠，结习书香春到秋。

岁序寒窗霜染尽，一帘学业倩谁收。

（三）

长安山上空余念，谁寄清风明月幽。

记否当年弹剑铗，荼蘼花落这边留。

（四）

点点残红照晚舟，登高一赋望芸楼。

云烟深处相思赋，往事追回再唱酬。

回母校福建师大即咏

（倒叠韵）

（一）

斗转文回几墨尘，书香造化感犹津。

程门又步相思人，往事追怀画面臻。

负笈殷殷声去远，陶情笃笃梦来频。

长安山上登高望，记否当年练剑人？

（二）

校苑难忘立雪人，那堪灯瘦警枕频。

曾经拾翠千芳撷，已是参差万卷臻。

心共云天迷惘惘，笔随别绪挹津津。

睽违半纪寻何处？逸韵逗留染岁尘。

贺福州大学六十三周年

题记：1958 年，在福州西门外祭酒岭一带，福州大学诞生。春去秋来，岁序更新。闽山苍苍，闽水泱泱。这所屹立于东南一隅的名校，迎来了她的六十三岁诞辰。忆往昔峥嵘岁月，看今朝锦绣年华。在路上，一代代福大人奋力拼搏、谱写华章。不忘初心，百折不挠，向前的脚步从未停歇。诗以庆：

明德至诚园郁雷，春华秋实教情哉。

书山有径锋芒露，学海无涯卓越栽。

校史追思怀旧雨，师门胜出育新材。

包容开放浪花激，福大人文汇一台。

惠南中学赋

学府渊源久，复兴延续之。灵光凝大觉，韵事颂华时。

淳朴加勤奋，倾诚校训持。春秋双璧誉，楚汉一盘棋。

四七年间起，几回名易规。兼程庠记录，入册史查稽。

艳及高中部，纷从授业师。东风辄给力，筚路可探奇。

教室排横阵，礼堂屹永祺。沧桑怀旧址，锦绣望新仪。

社稷推鸿举，凡尘拾豹皮。沟通多俊彦，赞助有侨资。

德育瑶章绕，菁莪玉露滋。彬彬酬礼智，脉脉蕴瑰琪。

振铎钟声响，登科榜首题。煌煌涵政绩，兀兀卷书帷。

济济人才出，芸芸弟子随。门徒昭士进，岁杪报言知。

荏苒琳琅萃，边缘美妙催。研讨分内外，动静遂参差。

绛帐园丁乐，扬鞭笔墨施。科科堪折桂，节节辅成基。

几代舌耕炼，者番竹种为。耳提都汲汲，面命亦思思。

感腑行如勉，陶怀梦与期。身心操耿耿，桃李毓孜孜。

理念循宗旨，经纶蕴魅词。飞歌迎盛世，向梓树丰碑。

布治筹谋广，和衷格算怡。输将和胜序，造次奕生机。

化雨霜消却，追星斗转移。焕然黉宇耸，添彩杏坛依。

兰苑花铺地，翰林鸟占枝。香飘红照耀，翠落碧逶迤。

达级三连跳，争优正气弥。腾腾欣瞩目，朗朗尽舒眉。

发展忠忱秉，提升致敬维。琴弦当继述，剑谱好相携。

择课千潮韵，传薪满路诗。惠南犹刻鹄，现象予来兹。

爱"乒"才会赢

小引：惠南中学厦门校友会第二届"云鹏科技杯"乒乓球邀请赛今明两天在厦门市体育中心综合楼二楼举行，欢迎前来观看。乒乒乓乓，你来我往，加油鼓掌，挥洒激情，传递希望，收获梦想！这里有爱心在奉献，唤来了球场内外一片春风荡漾。这里有激情在呐喊！爱"乒"才会赢！

（一）

身转画弧姿态悠，出其不意一分收。

静神屏气旋抛起，小小精灵越九洲。

（二）

我往你来方寸间，划清界限战场旋。

乒家常事输赢看，快乐无形侃大千。

（三）

轻轻跳跃马由缰，互有攻防拔弩张。

胶着比分场跌宕，来来往往响铿铿。

（四）

挥洒自如传递悠，人生高度扣中求。

往来憧憧添情趣，快乐带来凭小球。

2023 年再约

小引：我们这一届学生是 1957 年入惠南初中，1963 年高中毕业。惠南中学高中部是新办的，各方面尚差，所以能升入大学继续深造的寥寥无几。未考上大学的毕业后各谋生路，有当乡村教师的，有当乡村医生的，有支援三明地区做行政工作的，有被选拔进政府机关或企事业单位的，亦闯出一片天地。总之各走各的路，很少再有联系了。毕业五十年后再见面时，各人都年届古稀……

2013 年 7 月筹备已久的毕业五十周年纪念聚会终于在母校举行，计有 32 位同学和 4 位老师及惠南中学现任的一位领导参加。大家见面异常激动！特别是这五十年间未曾见过面的，更是惊讶万分！

母校变大、变新、变得面目全非了！岁月沧桑，同窗相聚机会难得，自应珍惜。那年成立了 63 届同学会，大家选我当会长。会上我赋一词《十年后再约》回忆往事，感慨万千，摘录于下，与老同学分享——

齐天乐·十年后再约

（2023 年）

　　沧桑半纪同窗聚。相逢鬓斑霜晓。逝水流光，如烟往事。叠叠于怀梦绕。尘缘未了。记学海偕游，共飞春早。更有知音，追随六载月难老。

　　临风斜阳晚照。七旬身尚健，书香无少。耄耋行国间，十年再约，八秩浮生凭召。迎将问好。有桂影飘飘，何嫌秋至。母校重回，盼时花与笑。

写于 2013 年

齐天乐·八十岁同学聚会

　　同窗再聚天行健。十年约定分晓。六秩烟云，韶华如梦。荡起风情韵绕。今朝变了。寻旧影依稀，曲归迟早。又续前缘，相逢莫叹江山老。

　　固守纯真合照。八旬春拂面，故音闻少。弹指一挥间，幽思独抱，浮想联翩诗召。问安问好。幸会直关心，乡怀尽至。叠彩期颐，寿添吾辈笑。

教师节有感

小引：张坂离退教协 2019 年 9 月 8 日举办第 35 个教师节。

一任霜侵鬓，耕耘三尺中。
园丁担使命，桃李舞春风。
故事寻千况，新闻慰寸衷。
培才曾逐梦，记否教书功？

首都师范大学附属学校集团校
（张坂中学）揭牌仪式

小引：首都师范大学与泉州台商投资区举行基础教育合作办学签约仪式，附属泉州学校（中、小学）正式落户泉州台商投资区。自 2020 年起，首都师范大学也将接受台商投资区张坂中学的委托管理。12 月 27 日将正式揭牌，卷帘诗以祝贺：

（一）

更迭开端序盛时，春怀学苑待芳期。
欣逢竞发同圆梦，教育提升加码之。

（二）

春怀学苑待芳期，捷报频传定律依。
举措尧台强管理，临风树起里程碑。

（三）

欣逢竞发同圆梦，融合首都优质资。
更上台阶新跨越，目标迈进共扶持。

（四）

教育提升加码之，揭牌骄傲激心仪。
华章谱就黉园美，召唤辉煌桃李诗。

张坂中学学生南音队南音唱响
教师节的春天

（卷帘诗）

（一）

袅袅南音寄慨情，新闻旧梦总牵萦。
箫吟弹妙园丁调，一夕难忘心扣声。

（二）

新闻旧梦总牵萦，斗转星移次趣生。
已是金秋风月好，淡烟流水走华程。

（三）

箫吟弹妙园丁调，照亮人间烛泪倾。
蚕结功夫丝未尽，不移师志自心耕。

（四）

一夕难忘心扣声，乡音缕缕录功名。

风骚敢领桑榆乐，珠落书盘玉已成。

寄怀张坂中学初中八九届毕业卅年初五聚会

同显风华更达观，学园再步握凭栏。

己香馥郁芸窗绕，亥艾流觞翰苑宽。

新岁陶诗添快乐，春风谱韵祝祥安。

聚缘集谊菁莪笑，会合殷殷满座欢。

寄怀张坂中学初中九九届毕业二十周年聚会

小引：岁月如梭，载离寒暑；追念红尘，沧桑在目；桃蹊李径，芬芳可掬。往事擅回，仿佛眼前；校园一幕，犹可重温。学苑是一处温馨的记忆，同窗是一段难忘的岁月……师生如握，怀叙难既。今天有事未能赴会，尚藉微吟，聊表寸衷，倒叠韵情寄字词：

（一）

毕业初中二十秋，深怜岁月去如流。

时空久隔芸窗烛，形影长存学子俦。

童梦未抛留旧雨，世歌犹作唱新猷。

相逢再步校园路，往事分明入眼稠。

（二）

欣慰门生择业稠，行程适意展鸿猷。

十年树木书为本，千卷陶人笔作俦。

记得登坛身心付，何曾击节汗珠流。

韶华易逝情难老，桃李荫浓我鬓秋。

张坂中学奖教奖学金颁发喜吟

校苑飘花落语新，芬芳桃李待阳春。

教坛杏帐远歌递，应谢儒林种树人。

寄怀我的学生

（同韵诗题二首）

（一）

世道苍茫岁月梭，未知同学近如何？

眼前顿幻几般影，耳畔方闻多少歌。

岁序赓长情意重，校门履厚感怀多。

芸窗旧影今来醉，放却师愁漫涌波。

（二）

光阴锦瑟似霞梭，每遇闲聊问任何。

秋月有情凭您掬，春花无怨任君歌。

曾经可记横和纵，今赋还谈少或多。

桃李荫红缘未了，书香继抹蘸春波。

纪念张坂中心小学建校一百周年

（一）

张别开新邹鲁风，坂园焕彩拥旗红。

民殷广袤舒宏志，钟振无涯励壮衷。

学府传薪声望显，校门布泽士林崇。

百年谱写辉煌史，纪念骊歌冲碧空。

（二）

乐毓菁莪谐百年，民钟办校踏歌弦。

三名更鉴开宏旨，一脉相承唱大千。

逐梦裁花陶韵事，栉风沐雨谱华篇。

巍峨庠序催花发，桃李萌成四照妍。

张坂中心小学春季读书节
拉开序幕

读书活动引春风，快乐成长期盼中。

丰富人文添底蕴，师生勤练李桃功。

华侨大学第八届董事会成立

小引：华侨大学第八届董事会第一次会议 14 日在福建泉州举行。全国人大常委会副委员长、民进中央主席蔡达峰出任董事长。华侨大学第八届董事会由海内外 103 名社会贤达组成。卷帘诗以咏：

（一）

华侨大学美如梭，奏响乐章天地和。
董事会迎新届履，千泓嘹亮振山河。

（二）

奏响乐章天地和，豪情挥洒不蹉跎。
初心逐梦人文竞，史册春回故事多。

（三）

董事会迎新届履，有声岁月自峨峨。
音调旋律何曾断？久远依然驾玉珂。

（四）

千泓嘹亮振山河，灿烂阳光呼唤波。
比翼今朝贤达聚，黉园激越更飚歌。

祝贺泉州经贸学院校友会成立

鲤城日丽熙同窗，定笃菁华意气扬。

共织当年初学梦，情怀不老铸辉煌。

泉州幼高专 130 周年校庆咏

芳华留驻竞葱茏，百卅扬扬桃李红。

泉幼人师连一脉，先贤后学共襄功。

为厦门大学百年校庆而作

小引："百年厦大"代表一段相思，一片真诚。厦大处处有惹人心动的风景：凤凰花与日遨游共舞；白城浪同歌流转和鸣。忆往昔，桃李不言，看今朝，厚德载物。厦门大学永远是那样的青春，那样富有朝气与活力。继续谱写着无愧于祖国无愧于人民的教育发展的新篇章。卷帘诗一组以贺：

（一）

黉门檐顶立丰碑，百岁香凝双璧诗。

行雨鹭江抒绛帐，桃红李绿已成蹊。

（二）

百岁香凝双璧诗，厦园画卷漾多姿。
南强不息芙蓉道，谱就音符人号簏。

（三）

行雨鹭江抒绛帐，嘉庚博大淬精师。
一流毓得三千树，教泽芬芳玉露滋。

（四）

桃红李绿已成蹊，五老峰前声誉驰。
济济人才昭士进，凤凰花笑奕生机。

寄怀南师老三届毕业五十周年聚会

（卷帘诗，作真韵）

（一）

聚会论交记忆磨，同窗往事问如何。
尘缘缱绻深如许，奔七无需叹逝波。

（二）

同窗往事问如何，顿觉方闻多少歌。
岁序犹轮情意重，师门聊寄感怀多。

（三）

尘缘缱绻深如许，高盖诗山结谊哦。
物语千般翻旧历，陶情笃笃梦中过。

（四）

奔七无需叹逝波，屏前微信笑相和。
南师毕业经半纪，往事如烟化夕梭。

读《高盖山下》有咏

（卷帘体）

（一）

南师学府美歌弦，桃李荫红四照妍。
高盖书香闻处处，似山往事忆流年。

（二）

桃李荫红四照妍，春华秋实韵绵绵。
簪缨奕世儒风满，弟子争荣路八千。

（三）

高盖书香闻处处，凭诗相约咏鳞篇。
如眸靓靓青春影，我亦与君回味然。

（四）

似山往事忆流年，童梦未抛心语连。

多少追怀多少念，何时际会共聊天？

美仁中学五十周年校庆志贺

美扬师德继儒风，仁坻芳菲桃李红。

中序传薪兴骏业，学园振铎见初衷。

五旬显赫人才出，十里方遒礼乐崇。

校谱华笺酬壮志，庆歌万曲响诗空。

贺南安五星中学七十华诞

（卷帘诗）

小引：南安五星中学创办于新中国成立的一九四九年。经历了七十年的岁月沧桑，风雨兼程、人文荟萃、英杰辈出。五星中学是南安的育才摇篮，桃李芬芳，花繁果硕。

南安五星中学设立"特色兴校、艺体强校、文化润校"的办学理念。学校从严从实、勤教勤学，全体师生团结一致，拼搏创新。南安五星中学迎来七十华诞，诗以贺：

（一）

五星美丽笑春风，特色光辉四照红。

梦想起航添底蕴，七旬骄慰韵凌空。

（二）

特色光辉四照红，传薪振铎势犹雄。

科名艺体声誉载，发展全凭造化功。

（三）

梦想起航添底蕴，从严从实识渊衷。

芬芳桃李千枝秀，乐毓英才出伴宫。

（四）

七旬骄慰韵凌空，诞庆南安礼乐崇。

勤学勤教遵校训，黉门敦品锦恢宏。

祝贺延平中学 75 周年校庆

（卷帘诗一组）

小引：鳌峰山下，凤凰花开，延平中学迎来 75 年华诞。延平中学是以民族英雄郑成功封号命名的。延平中学七五年来同奏一个调：坚持社会主义办学方向，弘扬民族英雄郑成功的爱国主义精神。遵循"爱国、勤奋、尊师、守纪"的校训，开拓进取、严谨求实、励志有为、聚力育人、峥嵘创业、争先振奋、实践创新，取得可喜教育成果。诗以贺：

（一）

成功故里铸辉煌，岁月峥嵘梦启航。

七五流年桃李艳，延平诞日共擎觞。

（二）

岁月峥嵘梦启航，黉门韵满溢书香。

中坚笔阵当开教，学子登科赋远章。

（三）

七五流年桃李艳，仕优名片一张张。

鳌峰山下春秋美，绛帐悠悠俊艾芳。

（四）

延平诞日共擎觞，叠厚鸿篇雁序长。

几代园丁勤化育，传薪振铎百诗扬。

中国少年先锋队建队七十周年咏

小引：鲜红的领巾系满理想，载着我们扬帆远航。在中国少年先锋队建队七十周年纪念日来临之际，口占一绝以庆：

红旗一角漫前飘，星火炬中万点燎。

学习争先怀质朴，天天向上化新骄。

注：中国少年先锋队建队日是 1949 年 10 月 13 日。

长相思·"六·一"感怀

红领鲜，红领天。稚气迎场汇艳篇，阳光照大千。
伴韶年，过流年。满载童心桃李妍，百花并茂然。

诗词启智小学生

门第书香启智之，童生怀志学真知。
开心咏诵精勤练，得意相随万首诗。

认真听课做笔记的孩子们

细作深耕笔管锄，追寻知识记通疏。
少年应惜时光贵，励志成才读好书。

大学校庆有贺

（卷帘诗）

一、清华大学建校 111 周年校庆有贺

知名学府数清华，乐毓英才大小家。
世界一流排上榜，大同爱跻向天涯。

乐毓英才大小家，融环汇境百吟夸。
行言于胜栖诗意，范作书香闻迩遐。

世界一流排上榜，八荒硕果理桑麻。
光前裕后为梁栋，青出于蓝桃李花。

大同爱跻向天涯，惠盖人文一片霞。
厚德自强铭校训，追求卓越韵无赊。

二、北京大学建校 124 周年校庆有贺

钟灵毓秀续弦歌，水起风生炫漫多。
桃李燕园花正艳，栋梁华夏壮山河。

水起风生炫漫多，纵横八极总包罗。
教坛有道雄之踞，百二鸿光射九垓。

桃李燕园花正艳，驰腾学子脉相和。
创新奋进潜龙济，继往开来永不磨。

栋梁华夏壮山河，一塔湖光照锦梭。
铸剑铸魂循道义，伟哉北大势巍峨。

三、吉林大学建校 76 周年校庆有贺

世纪腾飞创炜煌，白山松水任徜徉。
伟哉吉大三千事，灿烂红楼教泽长。

白山松水任徜徉，远大目标臻八方。
壮志扶摇九万里，旌旄欲越太平洋。

伟哉吉大三千事，仗剑青葱舞北疆。
筚路寒窗经七秩，开来继往领弘章。

灿烂红楼教泽长，滋兰树蕙耀芬芳。
齐荣挺秀觉园美，六脉成蹊道益光。

四、河北工业大学建校 120 周年校庆有贺

严求进取秉公忠，报国兴工应大同。
勇毅专精承校训，黉门艳出李桃红。

报国兴工应大同，腾飞津沽旨开宏。
师言义礼春秋事，范作书香溢泮宫。

勇毅专精承校训，铎音大磬沐儒风。
沧桑历尽青春驻，行墨流云贯始终。

黉门艳出李桃红，一脉犹承韵事通。
继往开来心化雨，韶华倾负誉声隆。

五、复旦大学上海医学院建校 95 周年校庆有贺

学府峥嵘严谨筹，上医有爱史悠悠。
弘扬校训明其道，历史荣光涓上流。

上医有爱史悠悠，古塔朝阳任唱酬。
院宇辉煌兮日进，前行踔厉写春秋。

弘扬校训明其道，培养人才凸显稠。
红色基因传学治，申山沪水共诗讴。

历史荣光涓一流，教坛诠释杏林道。
相承复旦前缘续，艳出菁莪照九州。

六、福建医科大学建校 85 周年校庆有贺

弦歌不辍庆华辰，校训秉承更创新。
博学笃行勤授业，帐中帷幄付榕春。

校训秉承更创新，中西合璧可通神。
沉吟孔孟和于道，所系健康求至臻。

博学笃行勤授业，悬壶济世惠全民。
杏林桃李遍天下，载誉争当妙手人。

帐中帷幄付榕春。一脉犹承胜玉津。
橘井清风千古意，菁英艳出照红尘。

七、福建农林大学建校 86 周年校庆有贺

岁月变迁交叠筹，农林长卷史悠悠。
创新实践自灵秀，推进人文双一流。

农林长卷史悠悠，教育征程任唱酬。
卓越深研朝与夕，年轮镌刻富春秋。

创新实践自灵秀，桃李芬芳臻萃稠。
智慧园中兰斗艳，闽山闽水百诗讴。

推进人文双一流，拿云翘楚志方遒。
今朝学府前缘续，蔚起名牌展壮猷。

八、集美大学建校 104 周年校庆有贺

巍巍黉序照春秋，桃李芬芳硕果收。
集美今朝双美集，时光正好尽风流。

桃李芬芳硕果收，英才乐毓誉寰球。
鳌园千古执经授，诚毅为公广运筹。

集美今朝双美集，嘉庚侨领史名留。
德高望重闻天下，共仰丰碑诗满楼。

时光正好尽风流，航体财师学合畴。
负笈诸生连水院，书香一脉劲方遒。

九、泉州师范学院建校 64 周年校庆有贺

东海湾环翠浪生，迎风送雨化温情。
泉师学府春秋事，不负人文不负名。

迎风送雨化温情，善学如泉校训铭。
桃李芬芳萦紫气，正心至大逐征程。

泉师学府春秋事，范作书香四海乘。
历史渊源承一脉，殷殷授业育菁英。

不负人文不负名，黉门振铎奏嘤鸣。
星移斗转开宏旨，递上层楼玉已成。

十、武夷学院建校 64 周年校庆有贺

源从朱子溯先贤，五八黉开师范专。
闽北南平薪火播，武夷花甲再扬鞭。

五八黉开师范专，摇篮敬起涌诗篇。
初心不改力行致，校训流芳青史传。

闽北南平薪火播，云霞桃李满坤乾。
天经地纬书香漫，学子莘莘唱大千。

武夷花甲再扬鞭，旧履新途序井然。
澎湃心潮吟九曲，春华秋实裹娇妍。

十一、泉州黎明职业大学建校 93 周年纪念有贺

盛世弦歌入泮宫，黎明获胜焕新容。
殷殷善学兼强技，桃李争辉四照红。

黎明获胜换新容，职教逢场韵事通。
工匠精神科系铸，书山砥砺练专功。

殷殷善学兼强技，校训规行正直中。
勤朴树人诚立业，披云题字鉴初衷。

桃李争辉四照红，师生本位更相融。
双高计划花千树，托起明天唱大风。

十二、香港大学建校 112 周年校庆有贺

世纪之碑历史弘，伟哉港大振雄风。
盾徽熠彩悬云榜，立德立言兼立功。

伟哉港大振雄风，天下承臧出泮宫。
九域人文交响奏，香江学海引蛟龙。

盾徽熠彩悬云榜，学术联攀医理工。
彦俊共觞勋远震，轩芒魁斗智交融。

立德立言兼立功，执缰启向李桃红。
薄扶林道百年校，卓越兴邦抱负同。

十三、香港中文大学建校 59 周年有贺

天人合一海空清，论毕乾坤道舜程。
拾步山间求学路，层楼叠次聚精英。

论毕乾坤道舜程，未圆湖畔鹭鸥盟。
小桥流水书香漫，果岭斑斓泛韵情。

拾步山间求学路，红霞照面沐光明。
博文约礼循规训，德智相随砥砺行。

层楼叠次聚精英，开创全球高品名。
取意凤龙犹踔厉，赋能赋智是儒生。

十四、香港理工大学建校 85 周年有贺

励学利民校训铭，理工特色应时生。
中西文化交融地，高远志存家国情。

理工特色应时生，创造非凡有艳声。
流转年华桃李艳，探微乐毓复多型。

中西文化交融地，金字招牌玉已成。
卧虎藏龙循仄径，科研更跃舜尧程。

高远志存家国情，求真院校结联盟。
香江政府尚关注，融入湾区一席争。

十五、香港城市大学建校 38 周年有贺

钟灵毓秀证惟心，体认科研问古今。
桃李成蹊花正艳，春风化雨露深深。

体认科研问古今，一流学府任诗寻。
昂扬奋进臻宗旨，敬业乐群无数吟。

桃李成蹊花正艳，以恒远瞩播甘霖。
亚洲国际会都拥，服务全球报好音。

春风化雨露深深，正道致中同韵斟。
城大人文求卓越，志存高远洽瑶琴。

十六、香港科技大学建校 31 周年有贺

清水湾区海景悠，网红大学领风流。
群贤毕至群芳跃，科技飞腾任唱酬。

网红大学领风流，港校名闻晋一畴。
涵盖王牌多院系，大千世界尚追求。

群贤毕至群芳跃，靓丽年华迈壮猷。
桃李争荣头角露，人文蔚起富春秋。

科技飞腾任唱酬，转型带动更牵头。
之轮日晷立标志，造就成功竞自由。

十七、香港浸会大学建校 66 周年有贺

迎进中西雅望随，春风润雨化成诗。
芬芳桃李满天下，浸大黉园星采驰。

儒园吟草

春风润雨化成诗，策马扬帆所向靡。
文理工商医学荟，科研笃信力行之。

芬芳桃李满天下，规范灵魂有大师。
折戟沉沙凭信仰，自由自在脉清晰。

浸大黉园星采驰，精英教育占先机。
智能领域闻声誉，陶冶情操可竖碑。

卷十

快乐无形侃大千

Volume X

庚子岁末辛丑之初抒怀

（同韵诗题）

小引：岁末，窗外的风在呼唤，一枚干枯的树叶，在风中飘远。我看见叶脉，在平平仄仄的纹路里，刻满陌生的思念。那些流逝的岁月，曾经缀满枝头，曾经在高处呐喊。谁的梦，遗留在树尖？此刻，在寒风中眺望，抒怀有诗……

一、庚子岁末

凭栏远眺夕晖门，鸣翠霜天花几盆？
满耳尽闻新调起，回头不见旧波存。
笔挥一墨添书帙，手捧千联赠寨村。
淡雅高风今有信，心闲远志绕诗魂。

二、辛丑之初

新元复始绕儒门，花苑回春散馥盆。
荆楚神游情更放，红尘梦醉意犹存。
朝自闻钟寻律道，夕来敲月赋江村。
深知世俗几多事，所思韵涉静心魂。

人生百味

（十二韵）

小引：奔波的人生，我们已经用力，尽心，何必还去耿耿于怀。学会宽慰自己，懂得安慰自己。人生难料，难料人生。生活是一道菜，苦辣酸甜咸，品了，叹了；人生是一场戏，生旦净末丑，唱了，醒了。红尘过往，挺好！人生不一定要活得漂亮，但一定要活得精彩。顺其自然，是一种心灵的洒脱；不计得失，是一种人生的豁达。人生浮浮沉沉，若能淡然处之，生活就会展现优雅的笑容。活得淡泊，方能平和；心态平和，方能致远。一串诗以咏：

（一）人生如诗（作尤韵）

诗意人生好唱酬，笔中挚爱倍温柔。
一杯清茗一支笔，信口吟哦不道愁。

（二）人生如花（作文韵）

岁月如花百色薰，春华秋实总缤纷。
争菲斗艳家山秀，围绿全凭灌溉勤。

（三）人生如酒（作先韵）

岁月称觞可放颠，焚琴煮酒胜参禅。
江湖放棹行吟乐，不怨沧桑不怨天。

（四）人生如车（作庚韵）

红尘滚滚似车行，把握前途方向明。
路漫其长修远奋，世间运载是真情。

（五）人生如路（作齐韵）

人生轨迹幻犹迷，是路弯斜高或低。
阳光大道开拓者，愿望看谁向远携？

（六）人生如画（作虞韵）

勾勒线条凭笔濡，瞬间精彩内容涂。
墨香能绘心中美，玩转生机爱满图。

（七）人生如戏（作东韵）

逢场作戏岁匆匆，剧里人文百幻中。
净丑旦生凭选择，倩谁演出最成功？

（八）人生如棋（作支韵）

追欢博采运迷离，胜败如何莫问之。
不计输赢恬淡是，总能走好这盘棋。

（九）人生如海（作蒸韵）

如潮学海涌千弘，水起风生历几乘。
击楫扬舟征世路，追鸥逐鹭向高登。

（十）人生如茶 （作阳韵）

如花似茗品来香，慢酌细斟回味长。

水里浮沉吞苦涩，壶中滚荡溢芬芳。

（十一）人生如歌 （作歌韵）

行囊轻重复高歌，左右逢迎自在哦。

击节操琴经手练，问你是否用心磨？

（十二）人生如梦 （作真韵）

一从翰墨挹津津，世事纷纭入寐频。

如此相思欣寄梦，些多宿愿已成真。

让自己越活越年轻

（卷帘诗）

（一）

岁逾七秩又回春，快乐来找善与人。

大好时光风采取，保持素质保持真。

（二）

快乐来找善与人，开心享受每昏晨。

不图求报忘恩怨，学会宽容幸福臻。

（三）

大好时光风采取，妆容拾致健精神。
黄金岁段从容过，不负年华不负身。

（四）

保持素质保持真，放下心烦玉自珍。
懂得糊涂堪看透，细枝末节不泥频。

心若年轻岁月不老

小引：无论时光如何流转，守住心中的那一季春暖花开，把晚年过成诗。退休了，我想做一个安静的看客。仍做一株小草，长在山崖，长在地角，默守着一份纯情。卷帘诗以咏：

（一）

与阳对望感温馨，守住纯情心自宁。
晚曲悠悠陪着老，谁能与我共倾听?

（二）

守住纯情心自宁，追回往事记曾经。
如今退隐意难尽，仍抱冰心寸寸俜。

（三）

晚曲悠悠陪着老，清风起处化诗星。
春花无怨随澜逝，秋月有情与笔铭。

（四）

谁能与我共倾听？继述书香汇一庭。
伏枥之心无懈怠，周行大道仍年青。

乐儒自嘲

（卷帘诗）

（一）

乐道真情念未差，儒园种玉笔沾霞。
自知不是采芹者，嘲弄千般萝一涯。

（二）

儒园种玉笔沾霞，斑驳荷除学大家。
矩步循行平仄路，书山拾级走年华。

（三）

自知不是采芹者，但盼来年折桂花。
世事筹谋凭俯仰，逢迎依旧话桑麻。

（四）

嘲弄千般萝一涯，今兹无望等来赊。
师心尚抱声犹掬，更唱晚晴添运嘉。

闲吟四首

（句接龙）

（一）

琴棋书画叙经纶，揽得芬芳岁月真。
粗茶淡饭流年送，陌室寒窗韵味臻。
握卷依依持晚节，登坛欲欲健精神。
剩剑练来朝夕竞，诗途老骥奋蹄频。

（二）

诗途老骥奋蹄频，儒雅风流耐我寻。
槛外咏哦邀朗月，窗前读写藉清晨。
家山载韵常随梦，客地飘诗最悦人。
好句飞来堪拾翠，书田别有几番春。

（三）

书田别有几番春，海角天涯若比邻。
丽句抛来当细数，清词跃出可传薪。
隆情逸韵千怀寄，直笔淘诗万里询。
南北虽然吟路远，江湖放棹醉如醇。

（四）

江湖放棹醉如醇，文字论交倍感珍。
叠叠词捐书恋旧，殷殷笔抹句翻新。
琴操融洽须倾力，剑练调和未倦身。
平仄铿锵敲不辍，乾坤俯仰锦笺臻。

骑自行车兜风

骑自行车的愿景：骑上两轮，一路相随，相伴到老。分享童年的无忧，青春的释放，晚年的幸福。

双轮旋转路三千，无限风光在眼前。
燕雀闲情随左右，舒张诗意每天天。

相 思

梦幻时空越，依存一片心。
相思寻故事，对语约知音。
到老情犹在，轮新爱更深。
放怀真善美，悬镜正衣襟。

笔遣春风

(叠韵)

(一)

凭栏远眺夕晖门，鸣翠霜天花几盆？
满耳尽闻新调起，回头不见旧波存。
笔挥一墨添书帙，手捧千联赠寨村。
淡雅高风今有信，心闲远志绕诗魂。

（二）

新元复始绕儒门，花苑回春散馥盆。
荆楚神游情更放，红尘梦醉意犹存。
朝自闻钟寻律道，夕来敲月赋江村。
深知世俗几多事，所思韵涉静心魂。

登楼望远

目迎目送若遨游，景色无涯四望悠。
仰视云天浮万象，俯观马路过千流。
扶疏皎洁高低影，映彩斑斓远近楼。
似画家山收眼里，风诗尽撷入吟畴。

重要是出发

缓步宽蹄广运筹，驼铃响起弄潮流。
纵横戈壁鸿涯望，万里扶摇美景收。

家和万事兴

（卷帘诗）

小引：家和重伦理、礼教，深合儒家思想。生活中不要去抱怨，多点宽容、理解，家和万事兴。贫穷走向富贵大多都是勤奋、家和所得。俗话说："男人无志，家道不兴；女人不柔，把财赶走。"家和万事兴，要想富贵子强，就要孝敬公婆，日子准能发达，否则富贵花间露，荣华草头霜，皆不能长久。爱是和谐的缘起，也是和谐的总纲，没有爱不可能建立和谐的家庭。诗以咏：

（一）

家和万事至强兴，幸福相携事业荣。

传统随之兼礼教，伦常理就感亲情。

（二）

幸福相携事业荣，夫妻子女共和平。

家风示范谐相处，运气钱财报大成。

（三）

传统随之兼礼教，谦恭厚重守其诚。

是非化解多言善，一切包容不拆争。

（四）

伦常理就感亲情，正己正人禀性明。
以爱为根能合乐，上尊下爱悌中行。

好人一生平安

希冀悠悠岁月红，安康养德寿如嵩。
立言立信名声望，福享天伦祥瑞融。

自题《乐儒散文集》付梓

（冠头）

简介：世间万物总关情，用一颗感恩的心，拥抱世界；用一支真情的笔，挥洒人间，发现家庭、祖国和世界如此美好。该散文集收录了作者对暮年时人事物的所感所想，洋洋洒洒，总是真情。诗以题：

自爱红尘感岁华，题裁几辑几添花。
乐心抱扑思南亩，儒卷追春恋旧家。
散忆篇篇风可约，文纾缕缕梦无赊。
集来识得陶公趣，付梓但期能钓霞。

自题《乐儒散文集》付梓

（冠头）

自爱红尘感岁华，题裁几辑几添花。
乐心抱扑思南亩，儒卷追春恋旧家。
散忆篇篇风可约，文纾缕缕梦无赊。
集来识得陶公趣，付梓但期能钓霞。

《儒园吟草》编后乘兴而作

小引：匆匆流岁月，夕照晚花开。若问心归处，诗书矢志裁。立德树人是初心。教好学生、教好子孙是我一生的功课。退休后读书写书，走上创作道路。十八年来写了几部诗词和散文集，最终获得全国"书香之家"的荣誉称号。家风家教是留给子孙的最好礼物。

我学英文诗未闻，无边瀚海岂浮筠？
风耕韵圃难攀桂，步拾书田可采芹。
敝帚非材留此塞，庸花是赘集何芬。
琴囊喜伴吟声近，北调南腔亦合群。

编后语：内心有块垒手中有诗

一首诗可以折射一个人的精神世界，一篇文也可以透射一种人生的底蕴。诗意的生活总是如此五彩斑斓，在清闲午后或在落日黄昏。

"明月几时有，把酒问青天"，忆起苏轼大醉之景，何其坦荡？坐下观月，竟有体会到悲欢离合的人世与阴晴圆缺的月色相互融合……

对我而言，诗意的生活是最想要的，特别在晚年。纵情山水间，谈笑趣无限。随心所欲，或来到山野，或坐在茶亭里，或与故友下棋对弈，畅聊胸怀。期间叙说人生经历，道说其中的喜怒哀乐，趣味无穷。如今这般诗意，晚年此样生活恰为妙哉也。

在生活中寻找诗意，才能诗意地生活。晚年可静下心来寻找其中的乐趣，这就是一种诗意的生活方式。我明白了，晚年生活宁静淡雅如风，吹散迷离，荡尽心愁，享受着如诗画意的生活。诗意地生活，可以抚去过去的创伤。有感于此，我想向所有老年人呐喊：晚年要诗意地生活。